日系の彩妆

日付のタイプは構造を置く

序 Prologue

「日式」美颜修炼

Dig into perfect japanese cosmetics

在亚洲甚至全世界，日本女人的妆容就以精致淡雅而闻名。日本女孩从12岁开始就掌握了化妆的精髓，即使在脸上涂抹七八道程序，也不会给人厚重的感觉。这是为什么呢？是什么秘密让她们散发迷人魅力？

日本著名的彩妆大师植村秀说：『每一张脸，都是一块充满生命力的画布，只有在纯净、细腻的画布上才能绘出美丽的图画。』日本美眉的素颜难道都是天生丽质？其实，美玉也不可能个个无瑕。如何掩盖不足，呈现最美的一面，才是我们要偷师的秘招！

本书教你时尚达人们最青睐的日式底妆打造术和精致五官制造法，帮你成就最完美的清透妆容。从妆前隔离霜开始，为你隔离脏空气和修容调色，建立肌肤第一道防线；想要粉嫩肌还是水润肌，让了无粉痕的粉底为你制造；运用遮瑕神功，赶走小雀斑、痘印、小细纹；脸部没有立体感，让阴影和高光来帮忙；用腮红描绘你热恋般的蜜桃脸颊；最后用蜜粉创造如婴儿般的精致粉嫩脸庞。

五官制造从美丽眉毛开始，介绍决定眉毛印象的5条线、优雅眉毛画法等，让你美得更有型；眼睛的眼影、高光、眼线基础画法，让你从小细节开始变美变靓；修饰不完美的眼形，用各式小招制造魅力电眼；为美目安上隐形的翅膀，睫毛打造让你电力无敌；不同唇形的唇膏涂抹法，让你找到属于自己的美。

书中的精致美妆贴合你的独特个性和气质，挑战你的美丽极限；无论上班或休闲，都能从容变妆，靓靓出场；不同季节、不同色彩的美，妆扮你365天的绝色容颜；无论是奢华复古还是纯净甜美，新娘妆圆你一生最美的梦……

Content

目录

01 时尚达人最青睐の

完美日系底妆篇

॥ファッション達人॥

Perfect Japanese
Foundation Cosmetics Loved by Fashion Fans

担心肌肤问题让清淡的妆容大打折扣？
忧虑毛孔粗大和各种瑕疵更会让美丽流逝？
如何让肌肤水润，拥有明星般的立体感脸庞？
时尚达人们发现了一个秘密——
日系底妆用粉底和遮瑕产品组织起组织起严密防护
调整肌肤原本色调，赋予水润光泽感，
用腮红带来脸部红晕，然后用阴影和高光塑造立体感的轮廓，
使你的妆容更加轻盈透彻，完美无瑕。

Separate Cream, the First Line of Defence for Your Skin

一、软点隔离霜，建立肌肤第一道防线

日系ファンデーション

你每天都要“精妆”示人，但越来越发现，肤色晦暗、肤质松弛、暗疮滋生；你不管怎么防晒，还是无法逃脱无处不在的紫外线和空气污染；你在写字间的电脑丛林里无可避免地迎接四面八方的辐射……怎么办？让隔离霜来为你解决种种难题。隔离霜在肌肤与彩妆间形成保护屏，为你隔离脏空气和修容调色，缔造更完美的肌肤！

选择遮盖力好、滋润度高、润色力强的隔离霜是关键。总的来说，隔离霜的颜色大概分为紫色、绿色、白色、蓝色、金色、近肤色6种，不同的颜色代表不同的修容作用。建议使用白色、近肤色的隔离霜，因为它们能给肌肤带来透明感，更有自然健康的感觉。绿色、紫色、蓝色等冷色系的隔离霜如果用得过量，反而会使肤色变差，所以在使用时要控制好使用量。

紫色具有中和黄色的作用，所以适合普通肌肤、稍偏黄的肌肤使用。它的作用是使皮肤呈现健康明亮、白里透红的色彩。

适合偏红肌肤和有痘痕的皮肤。绿色隔离霜可以中和面部过多的红色，使肌肤呈现亮白的完美效果。另外，还可有效减轻痘痕的明显程度。

是专为黝黑、晦暗、不洁净、色素分布不均匀的皮肤而设计。使用白色的隔离霜后，皮肤明度增加，肤色看起来干净而有光泽度。

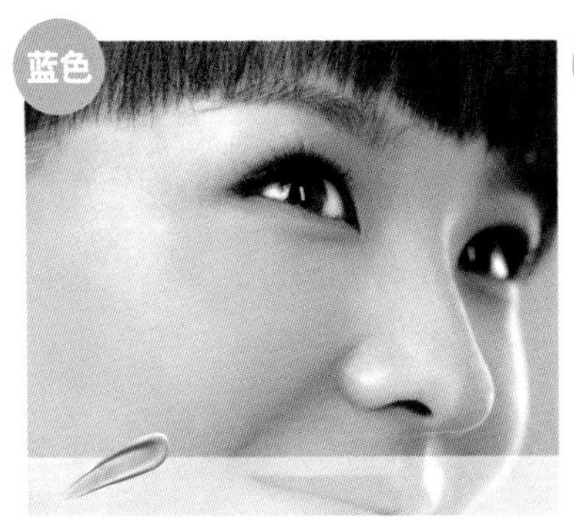

适合泛白、缺乏血色、没有光泽度的皮肤。蓝色可以较温和地修饰肤色，使皮肤看起来“粉红”得自然、恰当，而且用蓝色修饰能使肌肤显得加纯净、白皙、动人。

如果你希望拥有健康的巧克力色皮肤，那么金色隔离霜是最好的选择。金色隔离霜可以让皮肤黑里透红、晶莹透亮。

近肤色隔离霜不具调色功能，但具高度的滋润效果。适合皮肤红润、肤色正常的人以及只要求补水防燥而不要求修容的人使用。

传授隔离霜的正确涂抹方式

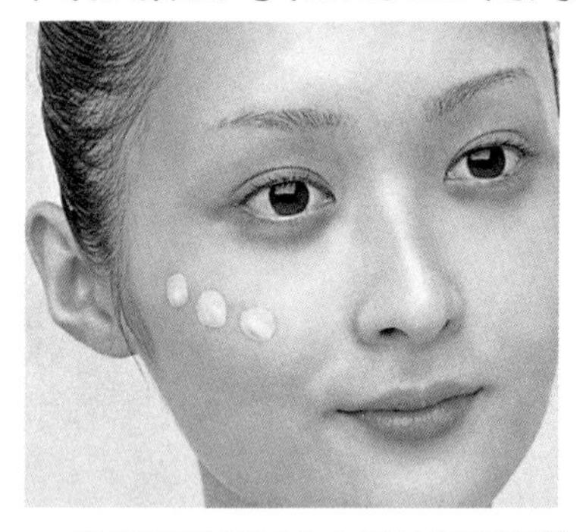

1. 取相当于红豆大小量的隔离霜置于手背，用指肚分别蘸取轻拍在肌肤上。顺着肌肤纹理轻拍，使隔离霜和肌肤密切融合。

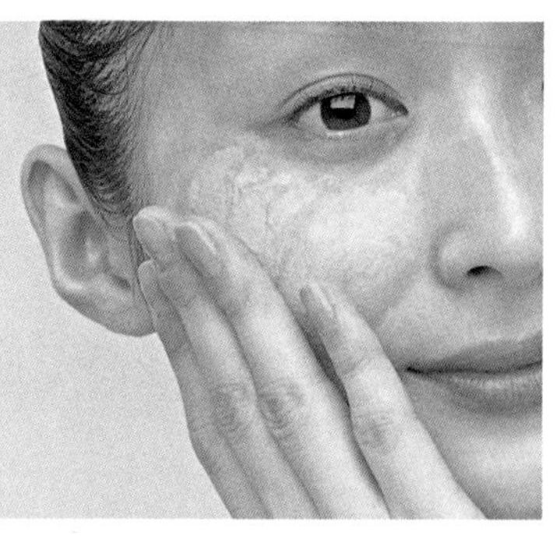

2. 如果习惯用手指推抹隔离霜，要小心堆积导致色彩不均匀，一定要注意色泽平衡感。涂抹位置从面积大的部位开始，先在脸颊部位涂抹，然后向外侧鬓角处和鼻翼外侧分别拍均匀。

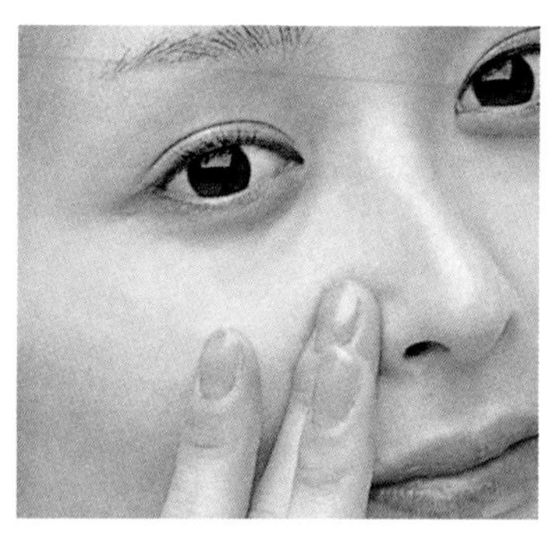

3. 鼻翼根部周围因为毛孔粗大，容易出现涂抹不均匀和色差问题，要注意用手指肚轻轻点拍，薄薄附着，并稍微用力点按，使隔离霜能密实贴合皮肤。

4. 眼睛周围的皮肤比较薄弱敏感，所以使用量不能太多。手指涂抹完其他部位剩余的一点可以轻轻抹在眼睛周围，不要用力，薄薄涂抹一层即可。

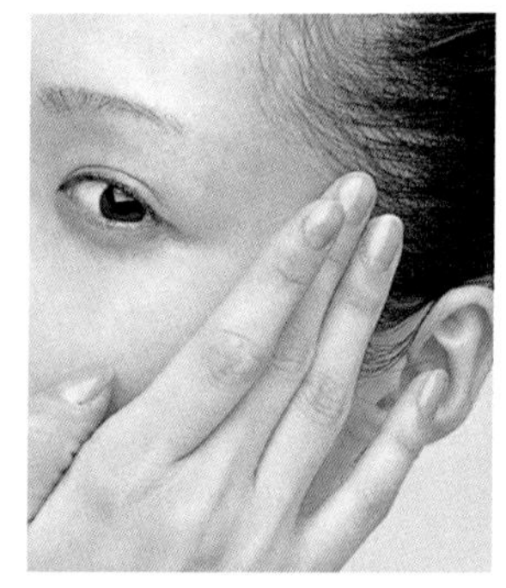

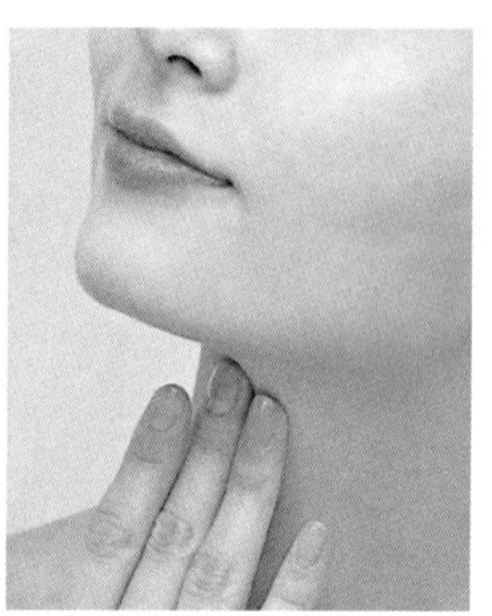

5. 很多人容易疏忽发际、耳朵周围、下巴底部、颈部等位置，必须要对这些位置照顾到位，才能使整个面部保持整体和谐。如果只注重脸部的修饰，会给人突兀感，整个脸妆失去了平衡感。

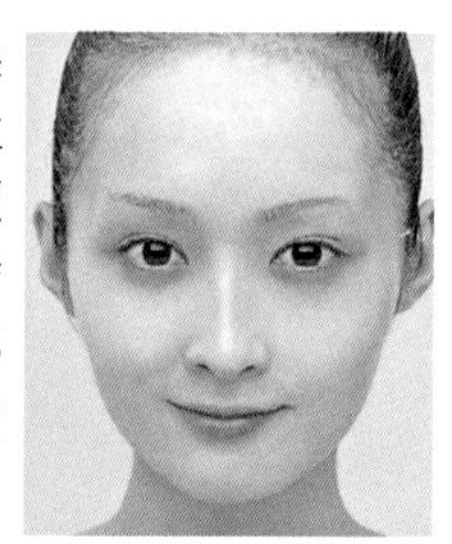

TIPS

容易掉妆部位涂得薄一些

眼睛和嘴巴周围，因为分布的表情和活动肌肉比较多，随着人的面部活动，化好的妆容易被破坏。另外，T字部位皮脂分泌比较旺盛，油脂也容易导致掉妆，所以一定要薄薄地涂抹一层，不要因为考虑肤色问题或毛孔粗大，为了遮盖而涂抹过厚。

Invisible Japanese Foundation Stick

二、了无“粉”痕の日系粉底

日系ファンデーション

“每一张脸，都是一块充满生命力的画布，只有在纯净、细腻的画布上才能绘出美丽的图画。”这就是来自东瀛的彩妆大师植村秀先生著名的“肌肤画布”理论。的确，无论你想要什么样的彩妆效果，底妆都是一切的基础。而完美底妆的大功臣，则是粉底，它就是有这样的魔力：帮助色彩更好地显现，让妆容完整而无可挑剔。

粉底分为液体粉底、固体粉底、霜状粉底、啫喱粉底和干湿两用粉饼。

霜状粉底油脂含量比较高，遮盖力非常强，皮肤有瑕疵或者想改变肤色时可以选用，同时也适合专业的化妆造型。

液状粉底油脂含量少，容易涂抹，并能发挥自然功效，使肌肤看起来细腻清爽，不着痕迹。

固体粉底能消除皮肤的油脂，遮盖效果好且质地细腻、保湿、清爽。

啫喱粉底应用了无油或极少油脂的水性配方，所以其质地清爽舒适，不会给肌肤带来丝毫厚重感和负担。

干湿两用粉饼使用方便，干粉底能修饰妆容，使肌肤显得通透自然，湿粉底则可营造出细致清爽的效果。

I. 呼唤爱情的迷人肌肤
——纯净粉嫩肌肤

富有弹性的轻盈质感就是优雅的纯净粉嫩肌肤，不会因为出汗、油脂而出现浮粉现象，让你的清爽妆容更加吸引异性。我们用干湿两用粉饼打破“容易干燥”、“不够均匀”、“浮粉”等问题。

TIPS

1. 肌肤表面凹凸不平让妆容变差，使用隔离霜令肌肤变得更光滑。
2. 粉扑绝对不能拉扯，如果用拉扯的方式，粉底就会变得不均匀！
3. 粉底应该要涂至颈部的位置，面部和颈部的分界线要将粉底推开均匀。

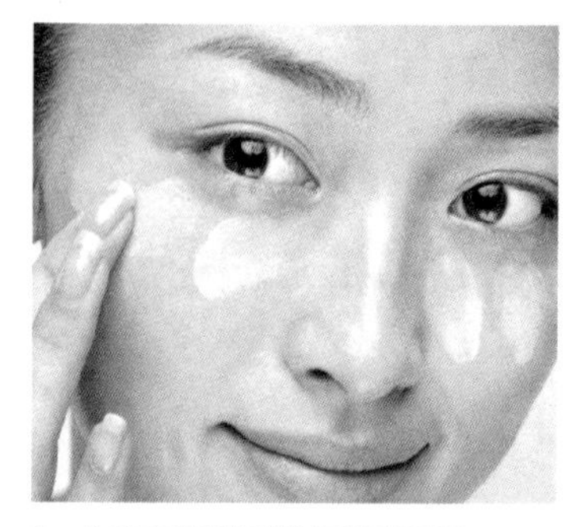

1.全面及眼周推开隔离霜

双颊、鼻翼、额头及下巴涂上隔离霜，依序推开均匀。容易干燥的眼周则以指尖轻蘸上隔离霜，轻轻点在眼周上。

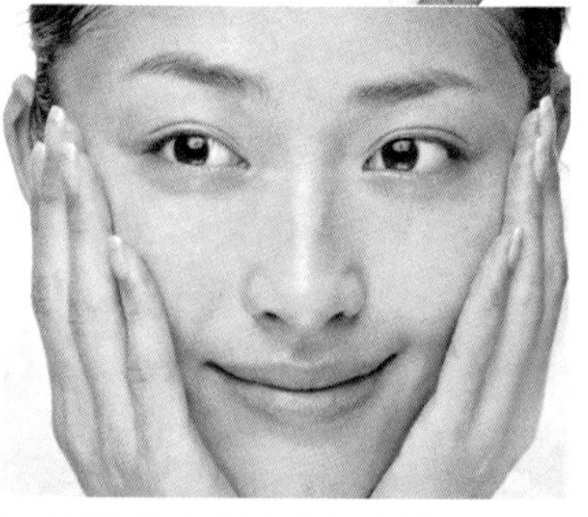

2.让隔离霜更容易被吸收

利用手掌心覆盖面颊并轻力按摩，让隔离霜和肌肤紧密结合在一起。再确认隔离霜是否已经均匀推开。

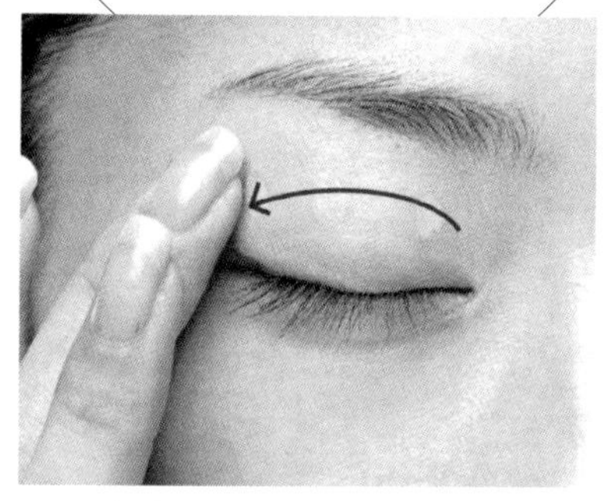

3.眼皮涂上遮瑕膏

即使涂上粉底之后，眼皮还是感觉暗哑，所以需要使用遮瑕膏来提升肌肤的光泽。在中间点3下，再横向推开遮瑕膏。

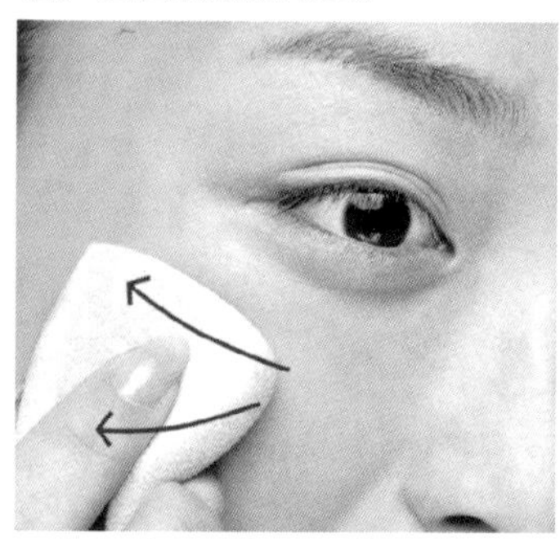

4.从面颊开始涂粉底

利用粉扑蘸取粉底，从眼头下方开始往面颊外侧边按压边推开。只需粉扑一半的粉底份量已足够半面的用量。

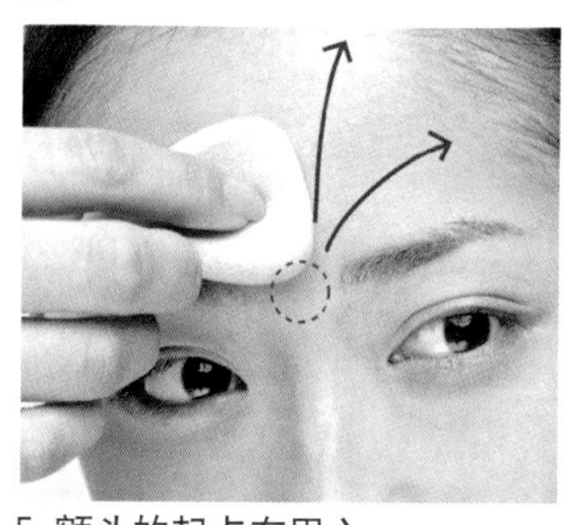

5.额头的起点在眉心

额头从眉心开始涂粉底，再往发际方向180° 推开。请不要利用粉扑拉扯肌肤，只需要轻力按压粉底即可减低浮粉。

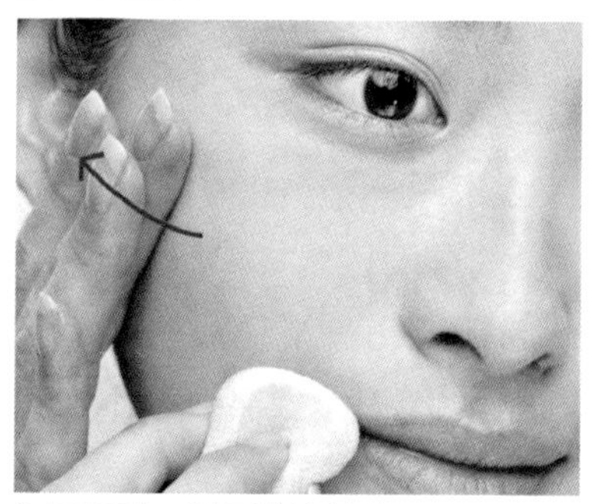

6.不要忽略细微的地方

为了不要让粉底聚积在嘴角以及法令等位置，要将粉扑对折沿着面颊往上抹，一边推开均匀。鼻翼两侧亦需仔细推开。

II. 增添个人的成熟韵味——魅力水润肌肤

从肌肤底层透出光辉的剔透魅力肌肤，不带一丝粗糙感觉，滋润光滑，水润魅力更添迷人女人味。我们用粉底液来解决“很困难”、“很麻烦”、“很花时间”的问题。

TIPS

1. 粉底液需要由内往外推开，在面部中央涂厚一点，就能营造出自然的瘦脸效果！
2. 为了修饰毛孔以及塑造瘦脸，由下往上轻轻按压粉底液。
3. 涂上隔离霜或粉底液时，不易推匀的地方由粉扑代劳。

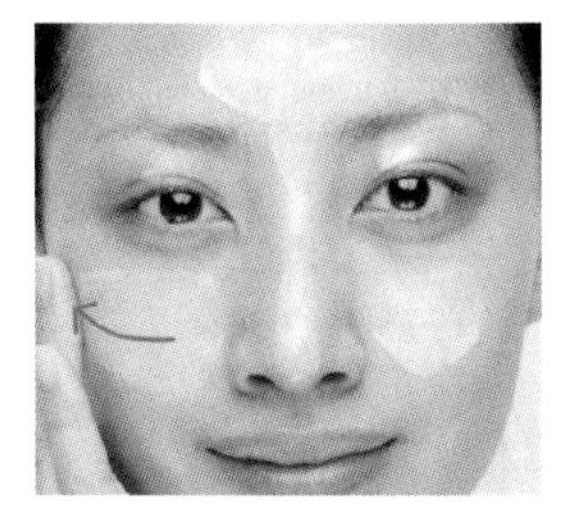

1.面部内侧推开隔离霜

从额头、双颊、鼻翼、下巴等地方开始涂上隔离霜，从面部内侧开始推开，不可忽略容易暗哑的眼皮。选用粉红或珠光隔离霜效果更佳。

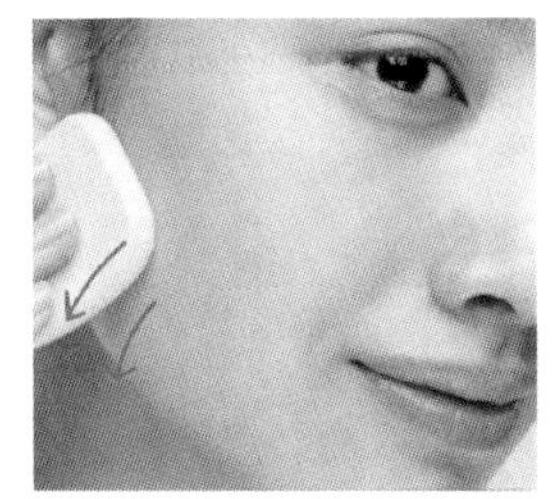

2.往外侧轮廓位置推开

涂完隔离霜后，利用中指和无名指推开。因为面颊外侧不易推匀，所以利用粉扑仔细推开效果更佳。底霜要往外侧仔细推匀。

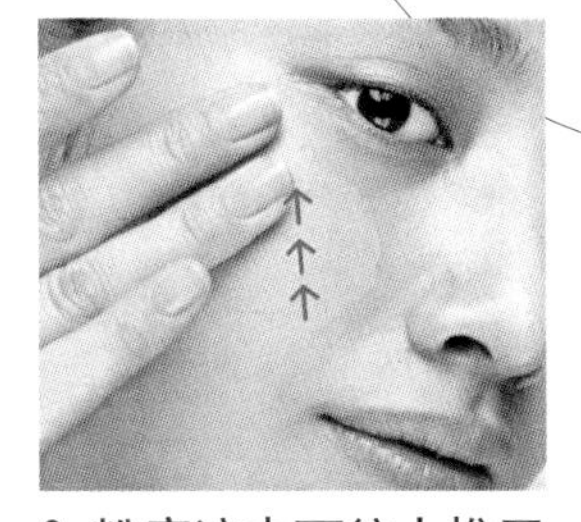

3.粉底液由下往上推开

首先从眼睛下方开始涂上粉底液，由下到上轻轻按压让粉底紧贴肌肤，让粉底在修饰毛孔的同时增加瘦脸效果！

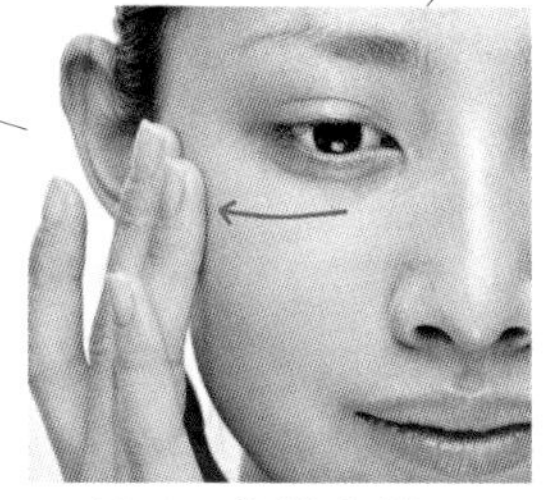

4.利用手指横向推开

步骤3按压粉底液后，再往横向推开。如果手推往下推开，面颊就会出现下垂的肌肤纹理，手指请保持水平。

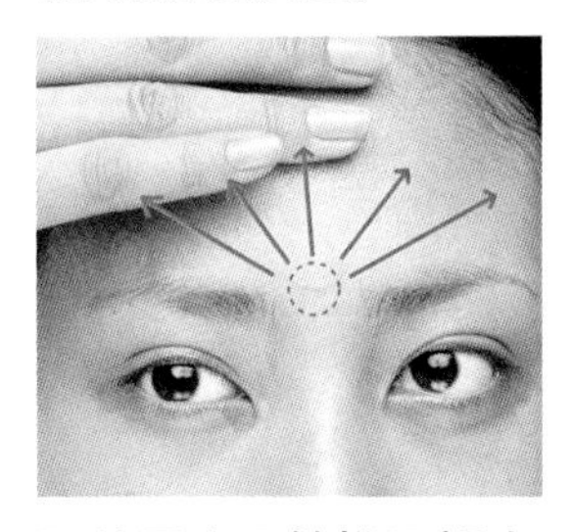

5.从眉心开始推至额头

首先从眉心开始涂上粉底液，再往发际方向180°推开。在左右眉毛上方各点2次粉底液，再推开均匀。

6.遮瑕膏让眼皮更明亮

眼皮和眼睛下方利用浅色的遮瑕膏修饰黑眼圈。利用单手拉高眼皮，再用无名指往横向推开。眼下位置手法相同。

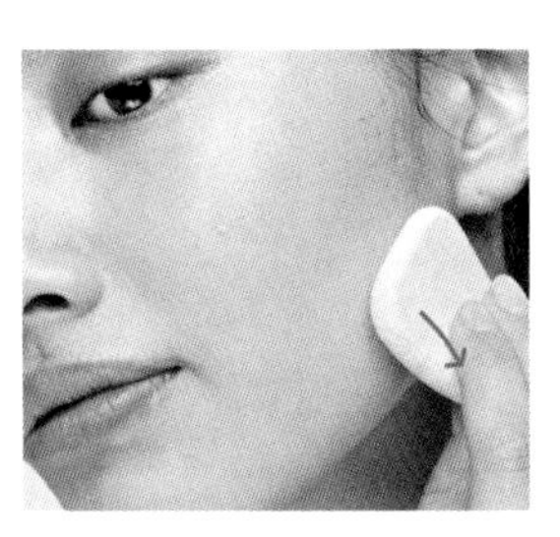

7.面部轮廓的粉底推匀

粉底容易堆积在面部边缘位置，因此最后需要仔细推开。多花一点时间推开面部及颈部的粉底，让肤色看起来更自然。要注意有没有推均匀！

8.T字位和面颊扑上一点蜜粉

利用粉扑蘸上蜜粉，再用化妆扫沾上蜜粉，就能防止用量过多的问题。大范围地扫上T字位和面颊，轻轻推开即可。

Concealer Masterstroke Makes You a Princess

三、学会遮瑕神技，灰姑娘变公主

日系ファンデーション

雀斑、暗哑、暗疮、黑眼圈等麻烦随着年龄的增长都爬到了脸上，但总有人的肌肤看起来就像天生的无瑕光滑，秘密就在于遮瑕的功力！现在就让我们传授隔离霜和遮瑕膏的巧妙用法，让你瞬间从灰姑娘化身为魅力公主！

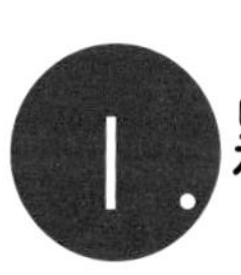

1. 黑眼圈

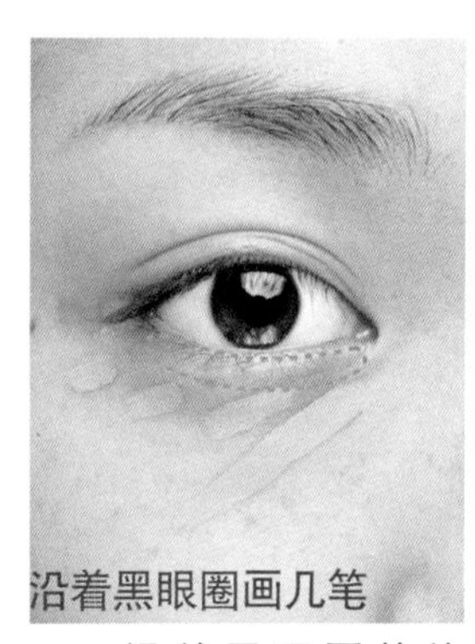

沿着黑眼圈画几笔

沿着黑眼圈的外围，涂上橙色的遮瑕膏。推开的时候容易堆积在细纹里，因此要稍微留点空隙。

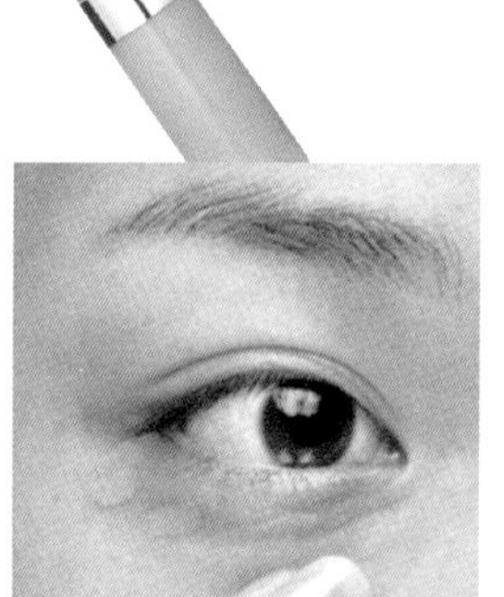

不要拉扯，轻力按压眼圈

推开遮瑕膏，利用指尖由上往下移动，轻按帮助渗透。容易堆积遮瑕膏的细纹位置要从眼尾往眼头横向推开。

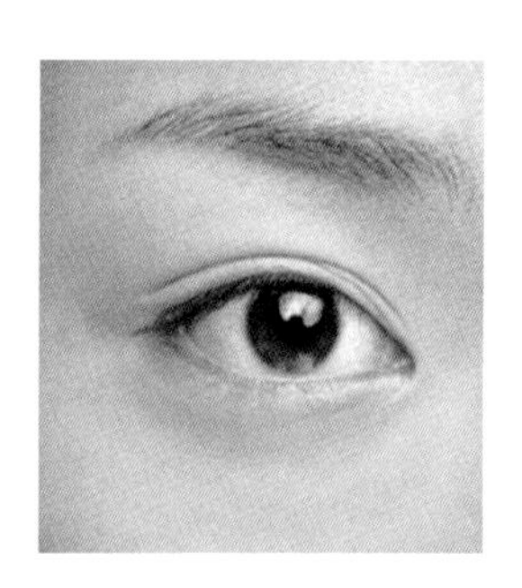

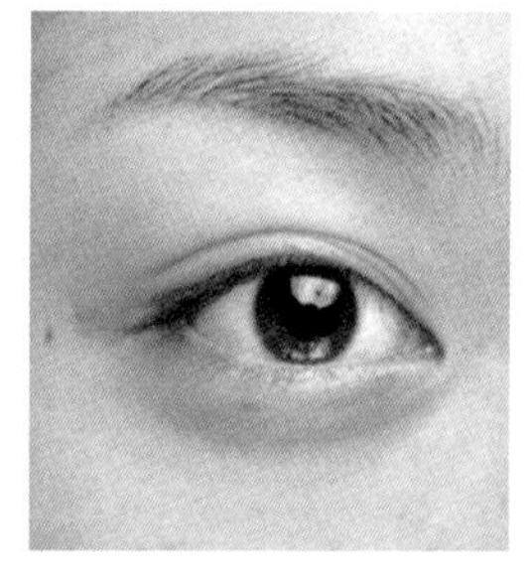

选对颜色和技巧成功遮盖黑眼圈

After 黑眼圈界线消失，眼睛下方变明亮。

Before 像影子般的黑眼圈是看起来衰老的原因。

II. 毛孔

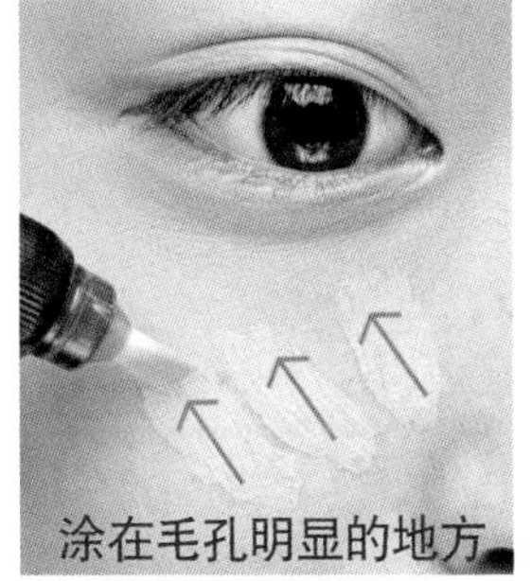

涂在毛孔明显的地方

利用隔离霜调整肤色后，在面颊或鼻翼等毛孔粗大的部位涂遮瑕膏。面颊位置则大范围涂。要注意笔尖要由下往上移动。

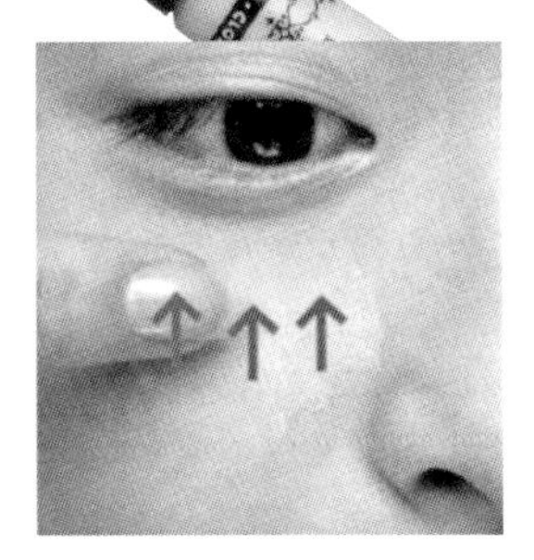

由下往上轻轻按压

利用中指由下往上轻轻按压修饰毛孔，抚平凹凸。当完成按压后，在涂有遮瑕液的位置上再轻轻按压，增加遮瑕膏的服帖度。

毛孔变得不再明显碍眼！

After 利用遮瑕膏抚平毛孔，让肌肤更光滑。

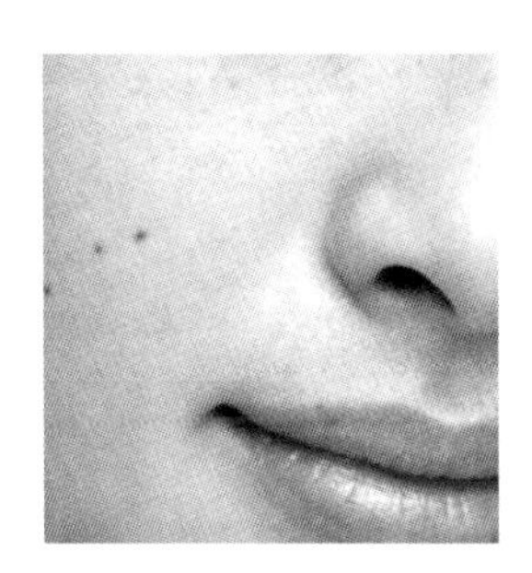

Before 由面部中央及面颊等位置，毛孔很明显。

III. 暗疮

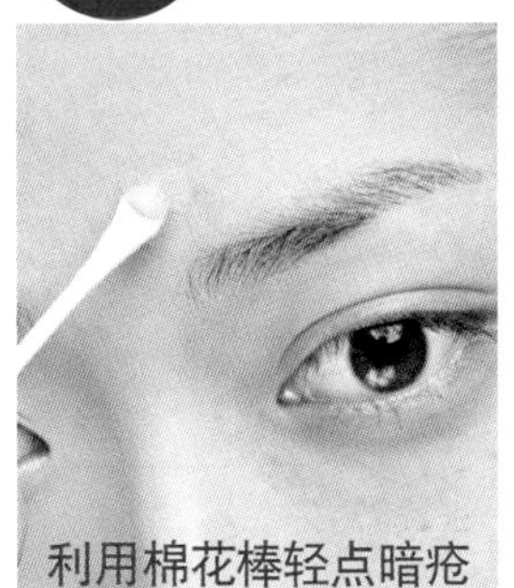

利用棉花棒轻点暗疮

不可以直接将遮瑕膏涂在暗疮上，而是需要用棉花棒沾上遮瑕膏再点上暗疮。利用棉花棒稍稍推开，柔软的棉花棒效果更好。

用棉棒推开再用手指按压

尽可能不要触碰暗疮，利用沾上遮瑕膏的棉花棒推至暗疮周围。推开后，利用尾指向暗疮外的地方轻轻按压即可。

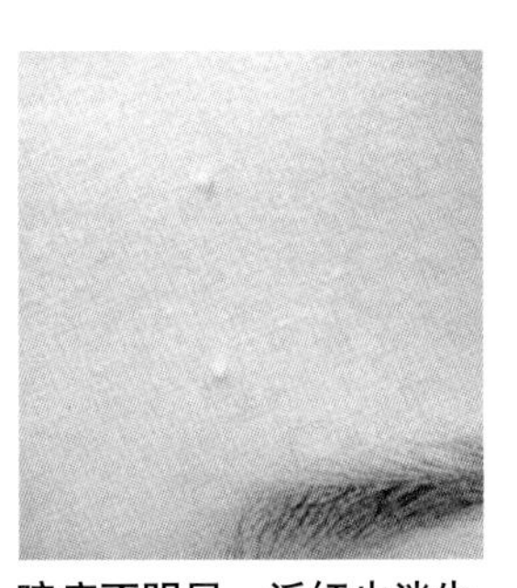

暗疮不明显，泛红也消失

After 只加上这个步骤，泛红暗疮已经消失。

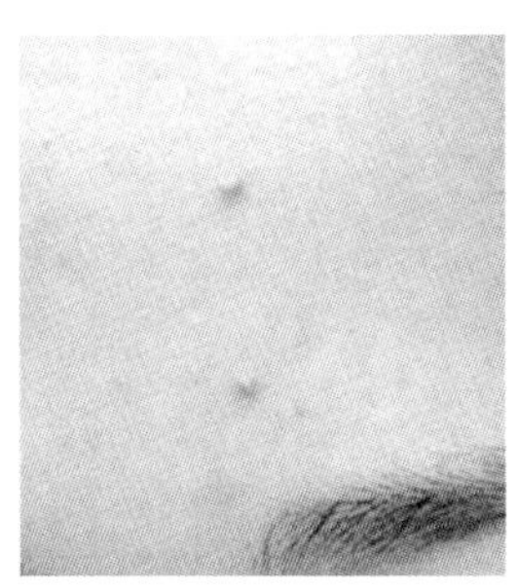

Before 虽然很小，额头上泛红的暗疮很明显。

鼻翼泛红

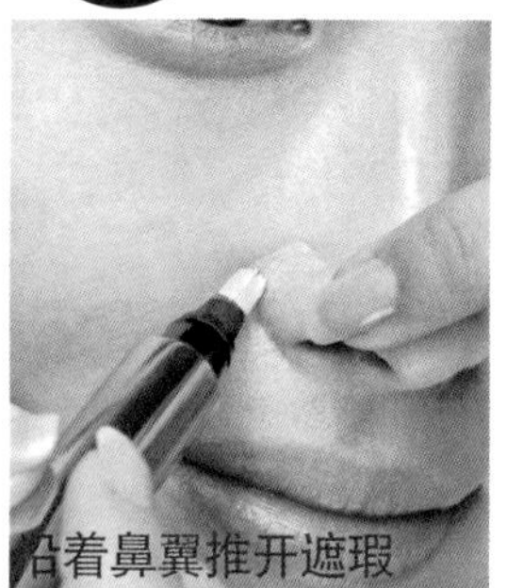

沿着鼻翼推开遮瑕

以鼻翼明显泛红的地方、鼻翼的凹陷处为中心。为了照顾细微的位置，利用单手按住鼻翼，更容易推开色彩至鼻翼凹陷处。

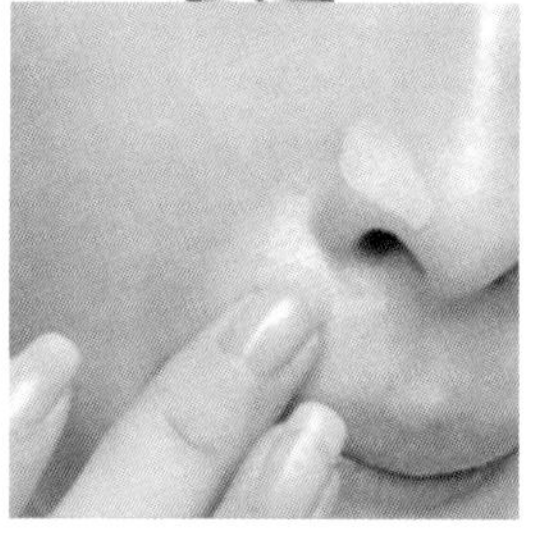

微细地方也要仔细推开

容易忘记的鼻翼也要涂上遮瑕膏。为了方便推开，鼻下也要稍稍推开。再用中指轻力按压，往外侧推开，直到看不见遮瑕膏的界线。

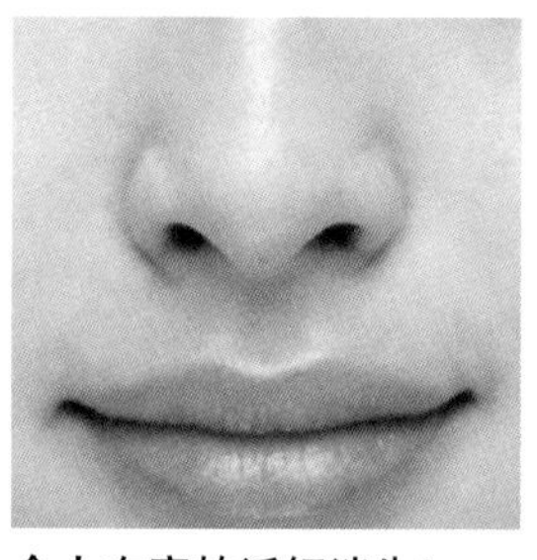

令人在意的泛红消失！

After 泛红消失，鼻翼和周围的肌肤感觉很干净。

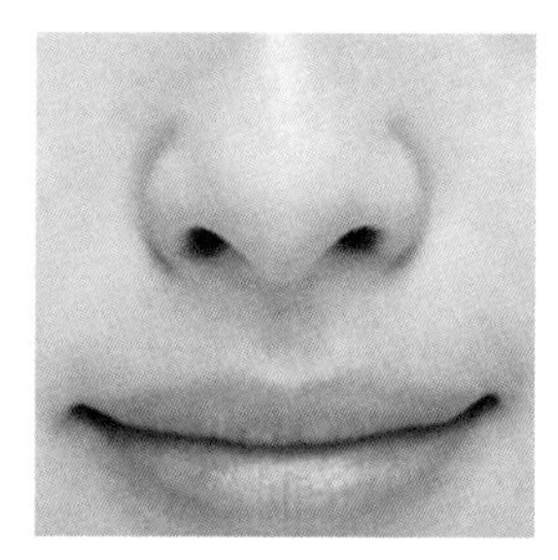

Before 鼻翼两侧凹陷处，带有明显泛红的现象。

黑斑、雀斑

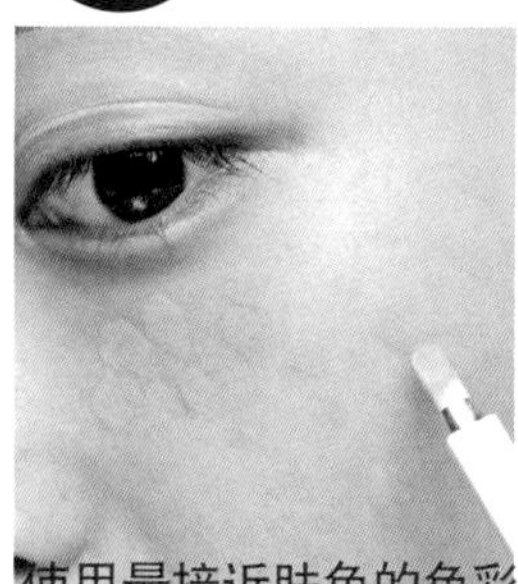

使用最接近肤色的色彩

用最接近自己肤色的遮瑕膏点在黑斑上。如果遮瑕膏的色彩过浅，反而会让斑点变得更加明显，所以要多注意选色。

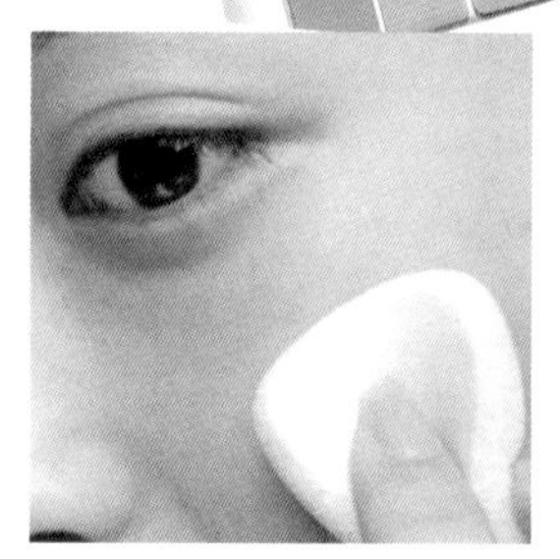

重复扑上2层粉底

平常上粉后，再用遮瑕膏遮盖斑点，很容易令黑斑问题更加严重，因此要多涂一层粉底来加强遮瑕能力及防紫外线。

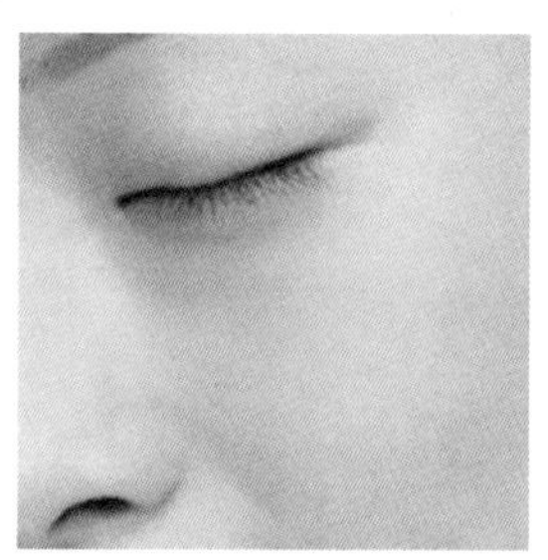

斑点消失就能成为美白的肌肤

After 好像原来肌肤就没有黑斑、雀斑一样。

Before 颧骨位置明显看到分布不一的黑斑、雀斑。

VI. 暗哑

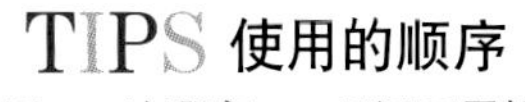

TIPS 使用的顺序

隔离霜——遮瑕膏——干湿两用粉饼

隔离霜——粉底液或粉底霜——遮瑕膏

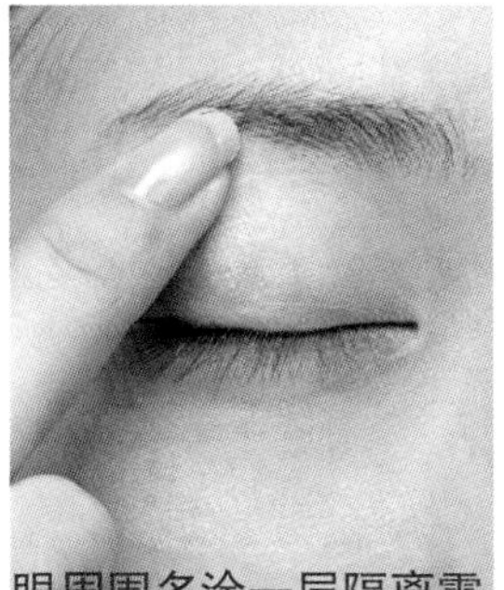

眼周围多涂一层隔离霜

全面涂上粉红色的隔离霜后，暗哑的眼睛周围再多涂一层隔离霜。选择粉色的隔离霜，能让肌肤更加明亮。

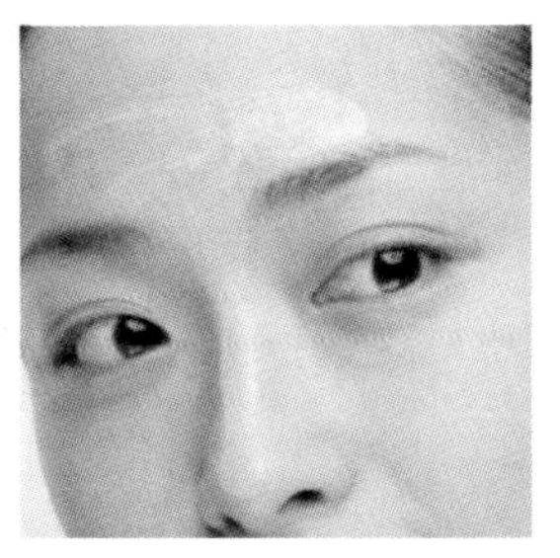

T字位及下巴多涂一层

T字位及下巴位置需要多涂一层，就能令在意的部位更加明亮。只要加入这个步骤，就能拥有明亮的肌肤，面部轮廓更加立体。

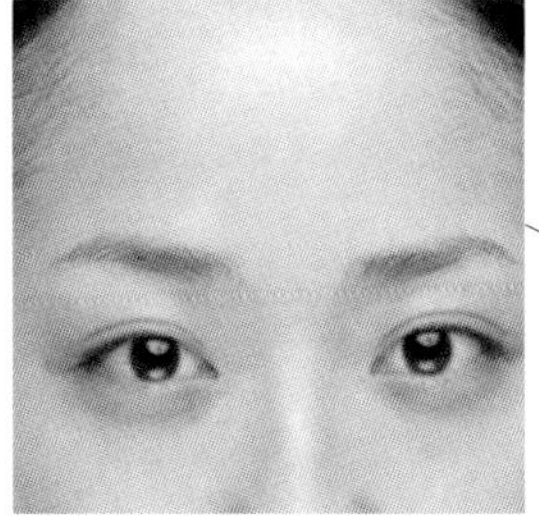

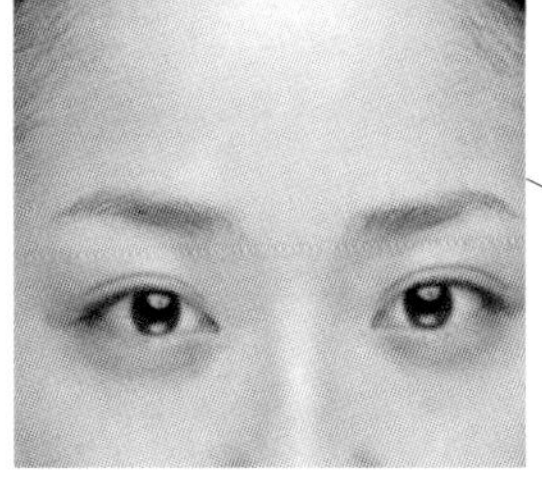

只要学会使用方法就能不再暗哑

After 好像变得更加白皙一样，肤色明亮通透。

Before 眼睛周围明显暗哑，有点肤色不匀的印象。

Shadow of Third Dimension and Light in Cosmetics

四、“妆”出立体感の阴影和高光

立体感

日常生活中，我们不经常使用阴影粉和高光粉，但如果要上镜拍照，它们就必不可少。可以自由控制脸部形状与大小的Shading，如果只是随意地化上去的话效果也会减半。事实上，Shading就是塑造脸部形象的重要技巧。学会正确的Shading方式和高光方式，就可以令脸部线条的美感提升，打造出如MODEL一般轮廓分明的美妆。

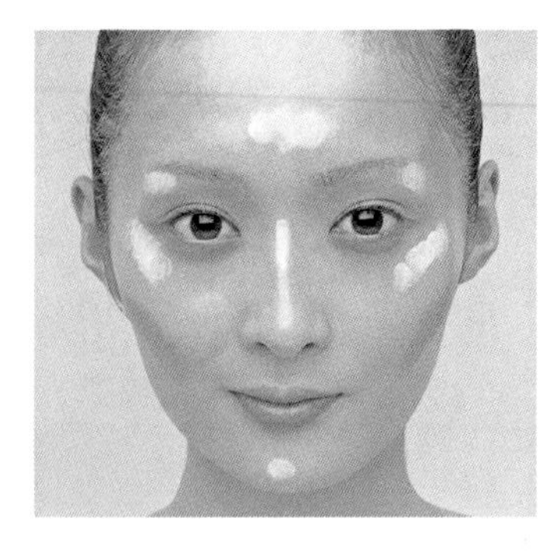

上阴影和高光，先要找准各自的位置。高光是用亮度较高、颜色较浅的产品让应该突出的部位鼓出来。一般使用白色的高光粉，在需要提高光彩或者希望显得比较高的位置点涂上。可以添加高光的部位通常包括额头最高的位置、鼻梁、眉骨处、眼角的下侧、下颌处，都是最常上高光的地方。

阴影的作用无疑是让不该突出的部位瘦下去。通常而言，阴影的颜色比粉底深两三个色号就好。使用红棕色阴影粉，在希望显得有凹陷感的位置点涂上。

1. 用阴影来打造理想的鹅蛋脸型

1. 让化妆扫内侧沾满粉末

先将化妆扫按压在粉饼表面，让化妆扫连根部都沾满粉末。重点是在涂上脸部之前，先用吸油纸吸除多余的粉末。

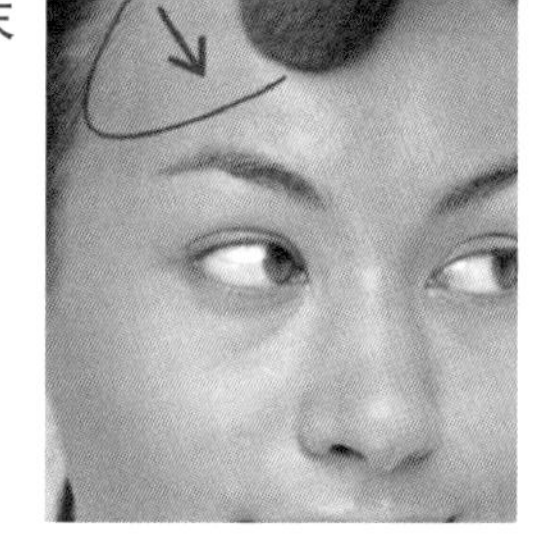

2. 从额头外内延伸式地扫开

从额头边缘向脸部中央轻轻推开。化妆扫的位置应该是从额头发际线中央，延伸一条线到太阳穴，由内而外。

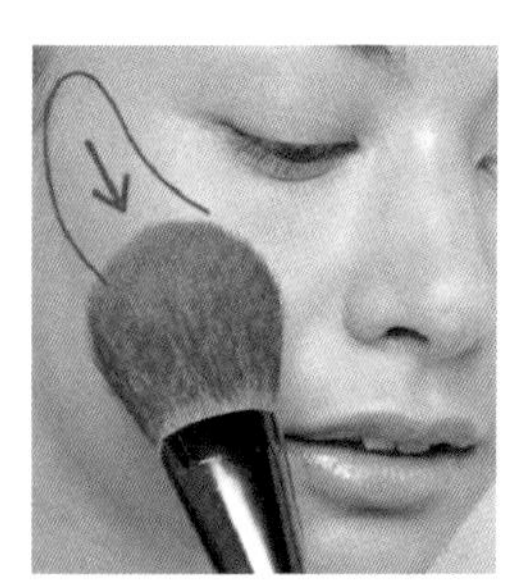

3. 强调颧骨下方脸窝凹处

从太阳穴开始朝着脸颊扫下，沿着颧骨下方的脸窝移动化妆扫，不要扫到中央内侧的地方。

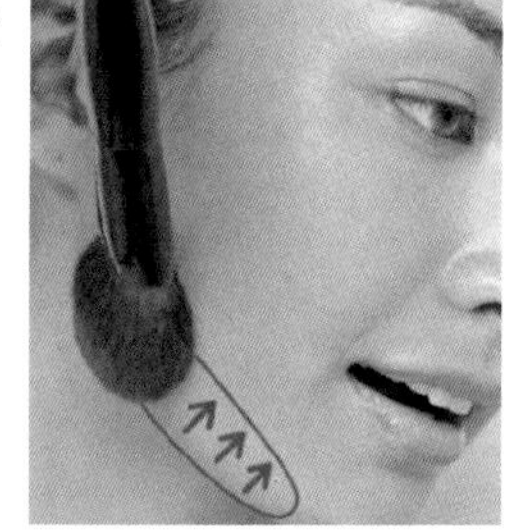

4. 在自己在意的脸颊较宽处扫上影子

沿着耳朵下方到下巴这条线，由外向内侧扫上。因为是颈部与脸部的界线，所以也轻轻地扫一下颈部。

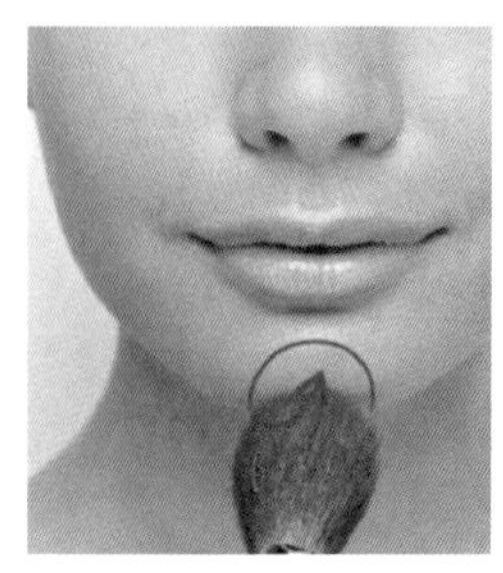

5. 轻轻地扫下巴尖端

从颈部向下巴尖端的方向扫过，化妆扫轻轻地放在下巴尖端，这样就能化出 利落的下巴线条！

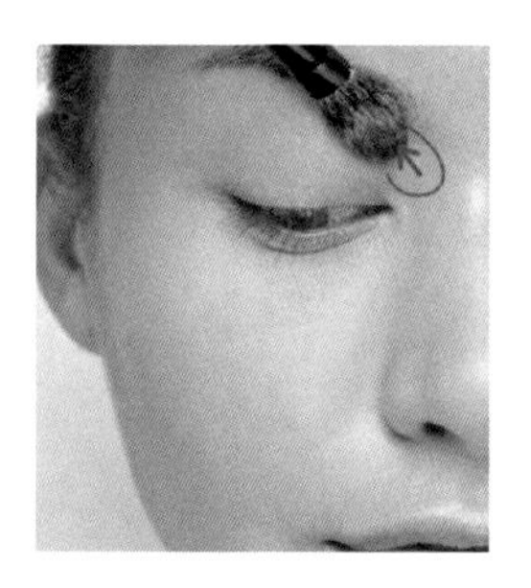

6. 眼周的凹处

从眉头到眼周的凹处，用细化妆扫来刷。化上自然不做作的阴影，有令眼睛变大的效果！

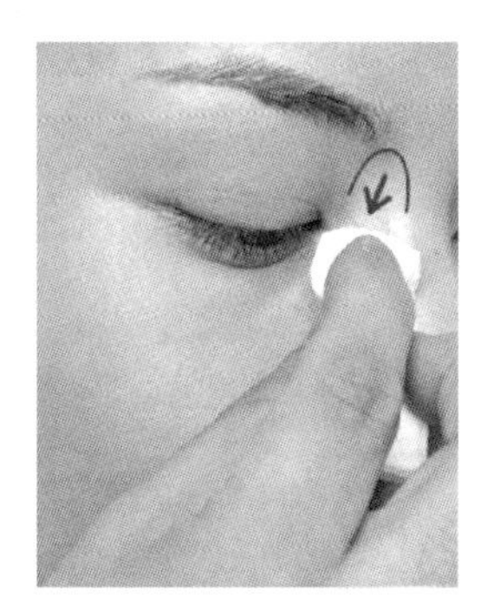

7.鼻影就用海绵来沾上

以海绵来打鼻影，像是要做出深邃骨骼一般就对了，鼻梁看起来会很挺直。

Ⅱ.用高光创造更富立体感面容

眉毛下方的眉骨处、眼角下的颊骨上部，涂抹高光粉，能使眼睛显得有精神有活力。先把高光粉置于手背上，用手指分别点取，在脸部的骨骼位置或者是希望突出的部位，用手指肚轻轻一边拍一边推抹均匀即可。

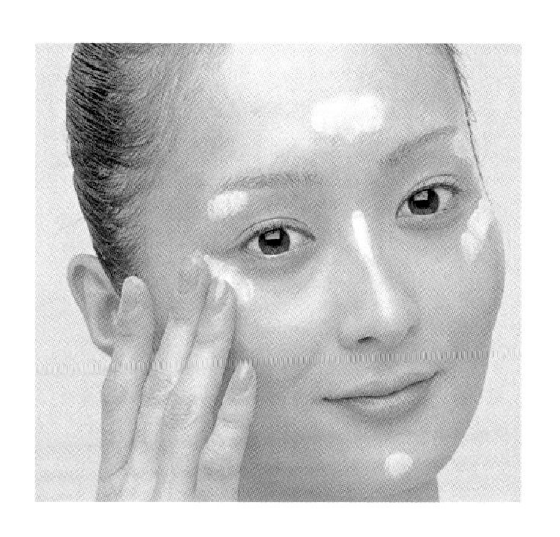

Ⅲ.不同脸型上阴影法 ——塑造美人轮廓

如果能正确打造脸部轮廓线，使脸部感觉清爽干净，那么就能给人年轻有朝气的印象。如何用化妆来遮盖自身脸部的缺陷呢？让我们看以下几种脸型的修饰法。

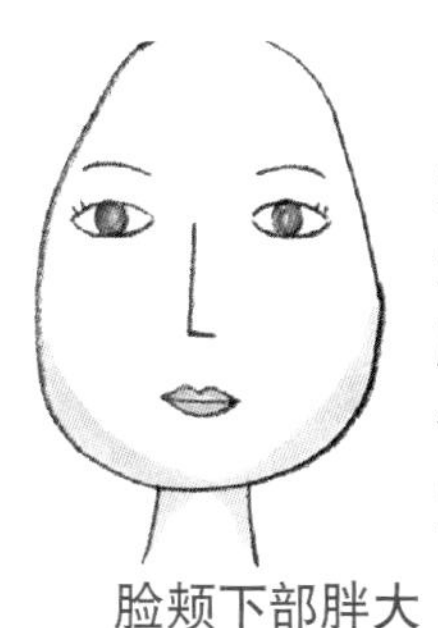

脸颊下部胖大

下颌部很多肉的人给人感觉脸型很大，而且，容易让人觉得很粗笨很土气。化妆时将脸颊下面鼓起的部分和颈部两侧呈“X”形打阴影，起到收紧下半边脸的视觉效果。

两腮突出

两腮棱角很突出的人给人意志坚强、积极向上的印象。为了增添一些温柔的感觉，就要在突出的两腮棱角位置涂抹阴影。眼部的妆要作为重点，可以化得闪耀夺目一些，将人们的视线从脸部转移至眼睛。

双下巴

双下巴的人往往给人宽厚慈善的感觉，但同时也让人觉得略为迟钝。方法是将下巴的横向轮廓部分与下巴到颈部的纵向部分，都打上阴影。这样能增加层次感，脸部轮廓感加强。

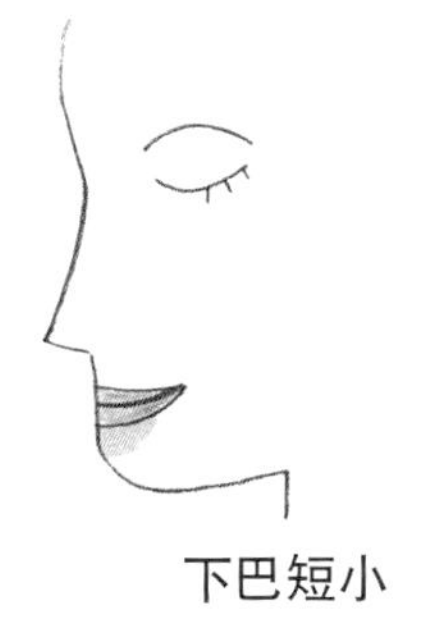
下巴短小

下巴短小的人给人可爱的感觉，但是，却让人觉得不够成熟稳重，像个小孩子。化妆方法是在下唇的下面先打阴影，然后在下巴尖位置打高光粉，这样突出了下巴的层次感和高度，视觉上会有下巴增大的效果。

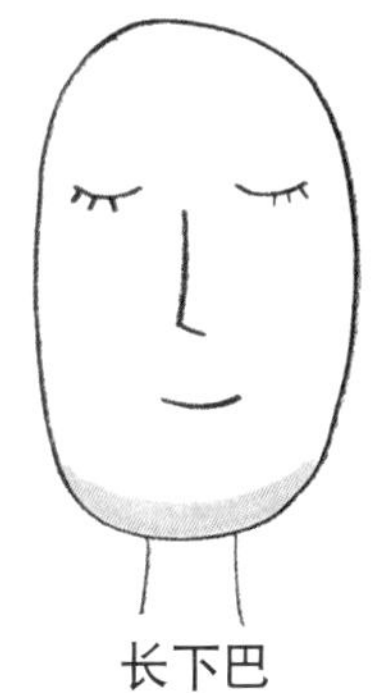
长下巴

长下巴的人给人大方和从容淡定的感觉，但却显得比较老成。化妆的方法是在下巴的下轮廓线位置，横向打阴影。要注意阴影的颜色和颈部的颜色不能有太大差异，要有自然过渡。

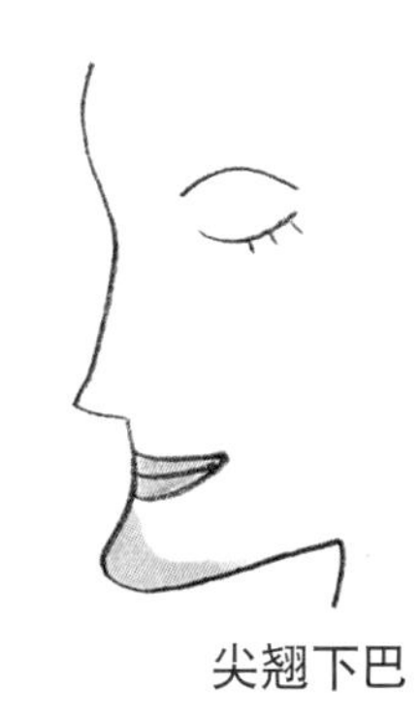
尖翘下巴

尖翘下巴的人给人可爱的感觉，但是，也让人觉得稍微有点轻浮。化妆的方法是在下巴尖的位置涂抹阴影并推散开，使人们的视觉印象变得柔和。

Blush Technique Creates a Peach-Like Cheek

五、腮红技巧，描绘蜜桃般脸颊

パウダーチーク

用富有朝气的好气色来替代苍白面庞，腮红的妆效让你健康有活力，虽然，它经常被忽视，但脸颊上的一抹红，更能显出粉嫩的女人魅力，为你描绘出热恋时的蜜桃般脸颊。

想要塑造出明朗的表情，腮红颜色的选择很重要。每个人肌肤的颜色不同，是使用橙红色还是粉红色的腮红要根据人的气色而定。可以参照以下的方法选定。

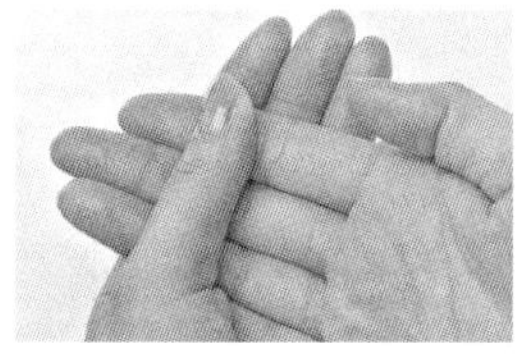

用一只手抓住另一只手，用力抓紧并使手指前端血液停止流动。过了数秒后，手指前端的颜色就是你的血色了。不论是腮红还是唇膏或者是指甲油等，都可以用这样的方法来选择最合适最贴合你肌肤颜色的种类。

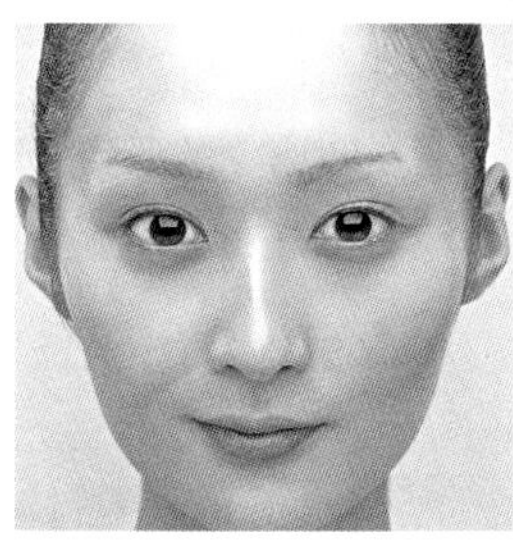

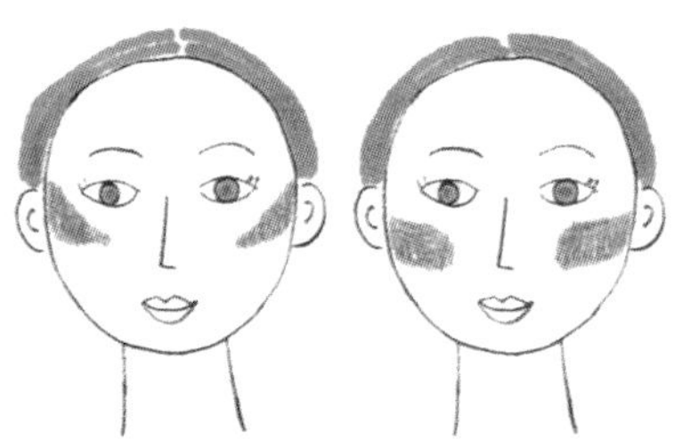

涂抹腮红一般是在两颊中间位置最高的部分为中心向四周散开涂抹，从颧骨偏上的位置开始朝着太阳穴的方向，向上提起涂抹，视觉上能显得脸部变长。从颧骨偏上的位置开始朝着两侧耳朵的位置横向推开，从视觉上显得脸部变短。

微笑的时候，脸部位置变高的地方就是应该涂腮红的地方。对着镜子，保持微笑，在两颊突起的部位，由内向外稍微斜上地推开腮红，保持颜色均匀自然。

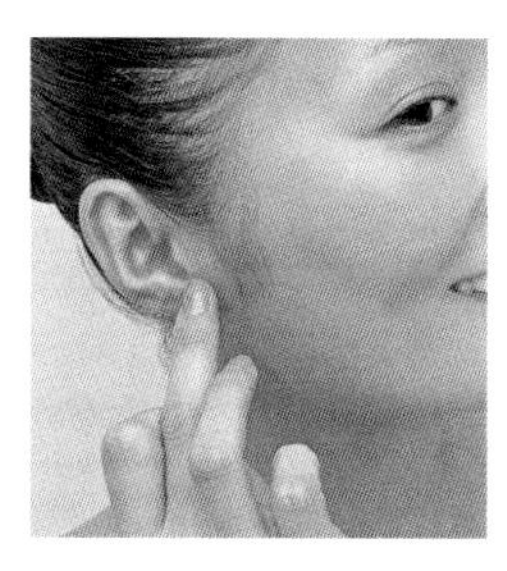

如果想要增加脸上的神气和生动，可以在耳垂和下巴位置上腮红，让肤色更红润健康。

妙用腮红塑造完美脸型

完美的脸型也可以后天制造？当然，不要小看腮红的力量，它不仅能给你好脸色，也能给你好脸型。以腮红为主，阴影和高光为辅来修饰脸颊，打造出最生动的胭脂表情！

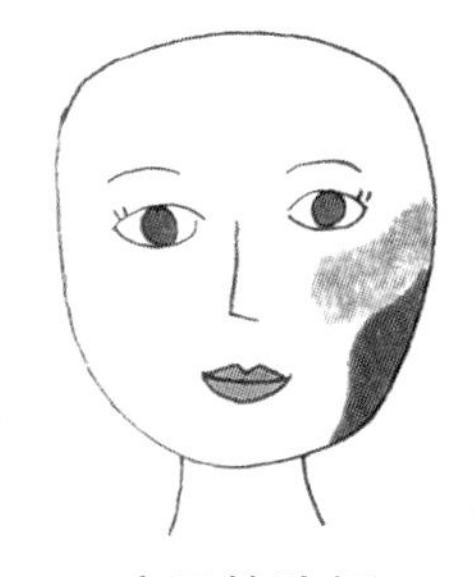

扁平的脸颊

扁平脸的人看起来比较文雅，但是缺乏活泼和青春感。化妆方法是用腮红在眼睛下面横向缓慢提升，直至鬓角，在脸颊的下侧涂抹阴影，这样一明一暗就给脸部带来了立体感。

颧骨高的脸颊

颧骨高的人，脸部很有立体感，但是给人感觉比较严厉，没有人情味儿。化妆方法是在颊骨的上面靠近眼角的位置涂抹高光，在颧骨下面靠近颊骨轮廓线位置涂抹阴影，在它们中间稍微涂抹一些深色的腮红，注意涂抹腮红的位置不可以太高。

肉乎乎的脸颊

肉肉的脸颊非常招人喜欢，但是却会显得脸部很大。化妆方法是在下眼睑开始到太阳穴之间上高光，在两颊外侧涂抹阴影，腮红靠近阴影内侧，纵向涂抹。

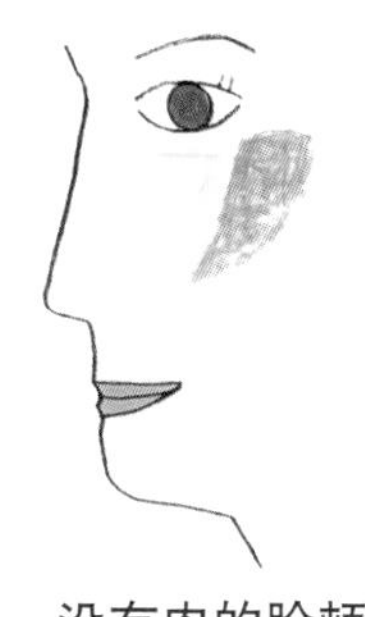

没有肉的脸颊

脸颊没有肉的人，给人成熟的印象，显得比实际年龄大。化妆方法是在脸颊中间位置上高光，面积要大一些，并在脸颊外侧上腮红。这样显得脸部有立体感有张力，人也显得有活力和朝气。

Perfectly Honey Power Makes Foundation Cosmetics Delicate

六、蜜粉让完美底妆精致到底

上蜜粉是整个脸部基础妆的最后一步，也是所有彩妆中最基本也最神奇的化妆术。蜜粉使用得好，可以完全改变自己的肤质，让人看起来晶莹剔透。掌握蜜粉与肌肤的match程度，最好能呈现出婴儿般薄透的感觉，才会让妆容看起来自然透明。

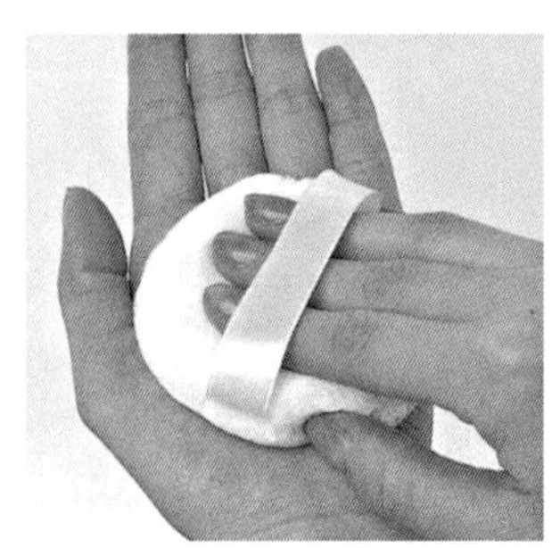

建议使用颗粒细小，与肌肤结合紧密的蜜粉，使用绒质粉扑、大化妆刷。在使用粉扑之前，先一手拿着粉扑将其正面朝着另一只手的手心来回揉擦，使其纹理顺通，皮肤与粉扑贴合度得到提高，就不会出现蘸粉过多或过少的问题。

如果想得到水润自然的妆面效果，那么上粉时就要尽量上薄一些，用化妆刷上粉后，大幅度地来回扫，目的是扫除脸上多余的粉，使妆效更自然。

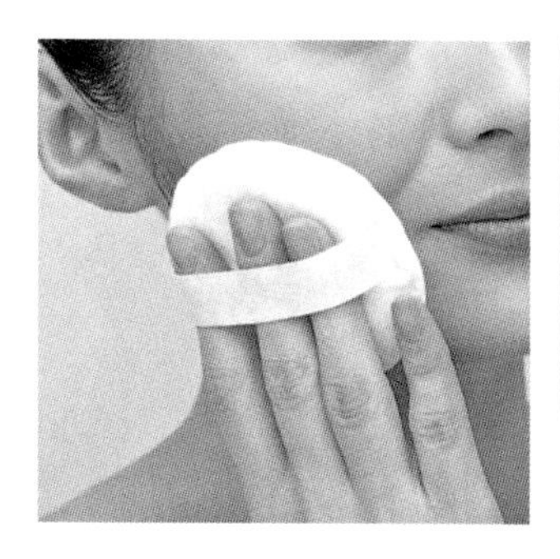

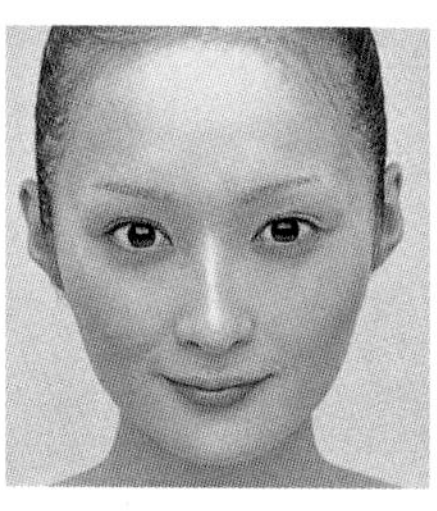

上蜜粉定妆时，用粉扑轻拍，用化妆刷结束。先用粉扑充分蘸取粉，在T字区域从下至上一边轻拍一边推抹，在脸颊两侧和颈部涂抹均匀后，用粉扑在眼睛的上下眼睑处稍微轻轻按抹一下。最后，用化妆刷在整个脸部大范围地扫一遍就完成了。使用蜜粉时，请勿节省，反而得多扑一点。将蜜粉完整充足地扑于脸上，直到整脸受粉均匀，看来自然细致。

TIPS 粉的种类

透明蜜粉：这种粉是感觉不到有颜色的，但是它能让肌肤有如丝绸质感般的纤细光滑和透明感，让肌肤更显细腻，青春焕发，也是底妆最好的定妆粉。

有色彩的蜜粉：这种蜜粉能够调整肌肤的颜色：浅杏色蜜粉可让皮肤看起来如婴儿般的细腻；象牙色蜜粉，可让你看起来更白皙、亮丽、自然。可以根据自己的肌肤选择合适的颜色，也可以将几种颜色的粉混合起来使用。

Find the Right Cosmetics that Fits Your Skin Color

七、找对适合你肤色的最佳彩妆

日系ファンデーション

事实上，用彩妆改变肤色，以不同的色彩配搭与妆扮技巧来让不同肤色拥有各自的闪亮点，也是我们化妆的重要诉求！黄色皮肤的质朴、棕色皮肤的性感、泛红肌肤的热情与白皙肤色的纯净，若能找到最佳配色方案与化妆技巧，其实都能呈现完美！

1. 泛红肌肤——热情纯真的健康肤色

在无数人为了营造健康红晕双颊的同时，你不必涂胭脂就能像刚跑完两千米后的红润气色难道不是优点吗？如果你的肌肤细腻没有明显的瑕疵，那么它就再美不过了。只要注意选择一些适合肤色的色调，不用遮盖，你已是今季最流行的SWEET GIRL!

最速配妆色 冷色系眼影，如绿色和蓝色，使肌肤显得白皙。

TIPS

带点珠光效果的浅米色、浅黄色或珍珠白色等眼影特别适合肌肤泛红者。将浅米色、浅黄色或珍珠白等眼影用在上眼皮前1/2部分，珍珠白眼影轻轻点在内眼角处，会使眼睛看上去清澈明亮。

用浅绿色隔离霜中和泛红肤色

发红的肤色可以在上粉底前用绿色的隔离霜来调整。如果脸部皮肤呈现出任何红色斑块或红血丝，可改用有修改色调作用的修护粉底，遮盖红色局部肌肤。

细腻持久的雾状粉底

在使用具哑光效果的粉底后，再用刷子在全脸轻轻刷上带珠光的蜜粉，能营造更为细腻精致的妆效，同时也可使妆容更为持久。

低调处理腮红和唇色

泛红肌肤可以把腮红省略掉。而唇膏方面，柔美的浅粉色、淡雅的肤色唇膏和半透明的唇彩都是不错的选择。

Ⅱ. 偏黄肌肤——自然朴素的东方色调

西方的彩妆大师们认为东方女性有些偏黄的肤色有一种内敛含蓄的美。所以，黄色肌肤的你的主要诉求是怎样让暗黄的肌肤焕发哑光般的柔美光泽。

最速配妆色 选择棕红、酒红等略带暖色性的腮红和唇膏。

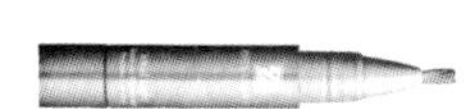

TIPS

颜色太浅的粉底并不能让你看起来更白，所以，黄色肌肤需要的是一支比本身肤色仅浅一号的粉底液，抹得越轻薄越自然越好。就连化妆师Bobbi Brown都把粉底改革成黄色基底，更贴近自然肤色，首次还肌肤以“本来面目”，改良肤色而不是试图改变肤色。

紫色隔离霜能让黄色肌肤变明亮

偏黄的肤色应该在上粉底前用紫色的隔离霜来调整脸的肤色。因为紫色是黄色的对比色，能很好地纠正偏黄的脸色。而粉红色的粉底可以令暗沉肤色更健康。

提亮C形区突出肌肤质感

上过底色后，用珠光感的淡粉色眼影粉提亮，从眉峰下的眉骨处开始，绕过外眼角到颧骨及颧骨上方的这一段区域，可以瞬间提升两颊轮廓，同时令脸部肌肤像“吸饱了阳光”一样光彩照人。

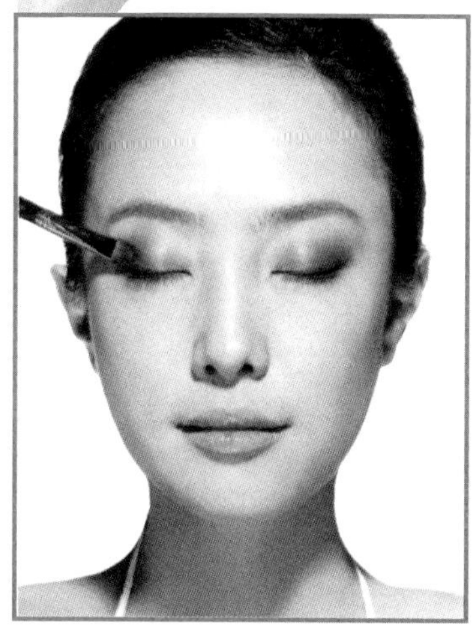

浅棕色层次感眼妆提升人气

优雅知性的浅棕色眼妆很适合黄色肌肤的亚洲女性。蘸取适量棕色眼影粉，在双眸自然凹陷处轻轻涂抹，可为双眸制造出自然的深邃感，而用少量白色眼影粉在双眸周围轻刷则可轻松掩盖黑眼圈。

Ⅲ.白皙肤色——纯净优雅的贵气肌肤

白皙肤色是很多中国女性的不懈追求。但像石膏一样的厚重而没有生气的白当然不够漂亮，我们需要的是从皮肤里面渗透出天然光泽、水嫩、透明的白。

最速配妆色　冷色与暖色都很适合白皙肤色。如果你的肤色是偏黄的象牙色，那么米色、珊瑚色则是不错的选择。而偏蓝的冷白色肌肤，则可选择桃红色、冰蓝色或尝试优雅感十足的珠光米色眼影。

TIPS

大胆尝试不同颜色的眼影吧！本季盛行的薄荷绿、珍珠光泽的金属色、活泼的柠檬黄和湛蓝色都适合白皙肌肤的你。如果有足够的技巧，那么也可以玩玩撞色彩妆，用鲜明的饱和色彩大胆混搭出别样妆面。

点涂遮瑕膏

白皙的皮肤比较黑的皮肤更易显出瑕点，因此应用较浅色的遮瑕膏及粉底。将遮瑕膏分别点在眼底、鼻周及颧骨，并小心按压周围的娇嫩肌肤。

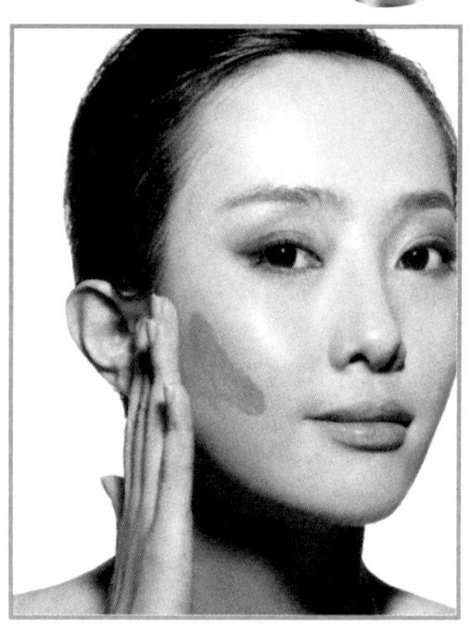

稍深的粉底让肌肤变健康

想让肤色看起来健康些，而选择比脸部肤色深一号或两号的粉底，在抹粉底时不能忽略脖子、耳根等部位。如果全身裸露较多，那就要在裸露部位也抹上粉底。

画圈的方式扫腮红增强红润感

用画圈手法涂腮红，如果想拉长脸型，在鬓角和鼻翼的稍上方以纵向渲染的方式描绘出颧骨线条，表现鲜明的轮廓，再将残余腮红刷在额头两侧的高部位和下巴尖上，让脸部整体呈现健康的红润。

Ⅳ. 麦棕肤色——神秘诱人的个性肤色

为什么我明明是深色肌肤，看起来却不像好莱坞明星那样性感而充满诱人光泽？其实和黄色肌肤一样，偏棕的肤色容易使脸部显得晦暗，改变肤色并非明智之举，增加亮彩度才能令妆容健康而充满活力。

最速配妆色　金棕色系最适合深色的健康肌肤。眼影、腮红和唇膏不妨以大地色系为主。

TIPS

如果你已拥有健康的小麦肤色，丰富的汹涌感及雅致橘色的洗练腮红将是最适合的一款。

遮盖不均肤色

不够均匀的棕色皮肤，看起来有点脏脏的感觉。所以，你先要用比肤色浅2度的遮瑕膏，抹匀较深色或不均匀的部位。

全程闪亮底妆

在全脸先抹上一层具油亮效果的隔离霜，然后再抹粉底，是增加亮彩的有效方式。上完粉底后再选择亮泽感强的蜜粉来定妆。

睫毛是重点

由于唇妆腮红均为自然的裸色，可以将眼妆作为重点打造对象。纤长的根根分明的睫毛可以让棕色肌肤的你看起来更加高贵迷人。

ファッション達人

02 时尚达人全力推荐の精致五官制造篇

Commended Way to Create Delicate Features

精致的五官？这太难了！
没关系，我们要的不是一板一眼的完美比例五官。
日式的五官化妆重点是表现『真实的自我』，
就是在不改变五官缺陷的基础上，通过后天化妆来改善，
因此，更要强调细节的精细和精致。
对于眼睛、眉毛和双唇，可能只有几毫米的线条勾勒方法，
或者是颜色和质感的细微差别就能使人发生天翻地覆的变化。

Beautiful Eyebrow Makes You Cool

一、美“眉”让你更有型

ファッション達人

眉毛是眼睛的框架，它对面部起到决定性的作用，为面部表情增加力度。即便你没有化妆，只要你的眉毛经过很好的修饰，整个面部也会很有型。而且眉毛还与给别人的印象息息相关呢！如果将眉毛处理得很明朗，那么就能使整个人的表情充满生动感。

Ⅰ. 决定眉毛印象的5条线

人们对眉毛的印象是由眉毛的5条构成线条的平衡感决定。我们先了解这5条线条的意义。

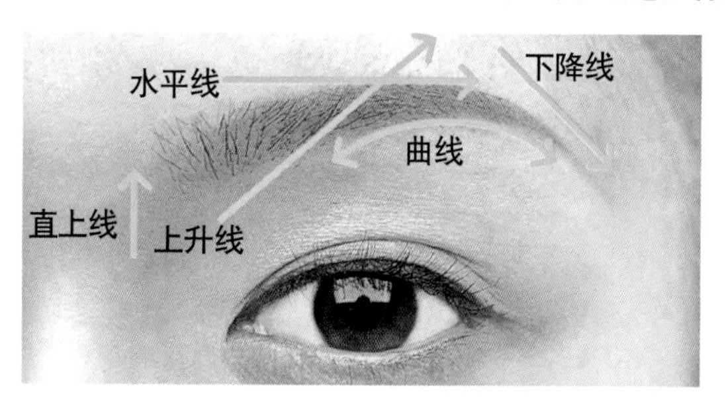

直上线：这里的眉毛笔直向上生长。这条线给人带来生命力印象，所以这里的眉毛不可以拔掉或剪掉。

上升线：眉毛的中间位置，眉毛倾斜向上生长。这条线可以显示人的工作热情和干劲以及人的坚强意志力。但是这条线如果过于强调的话，会显得人比较严厉和让人畏惧。

下降线：从眉毛中间开始至到眉尾，眉毛都是倾斜向下生长。这条线给人带来或温柔或可爱或沉稳的印象。当然，如果这条线过于强调，也会给人带来悲伤、落寞、无精打采、无所事事等负面印象。

水平线：横向水平延伸的这条线，给人带来知性和冷静的印象。但是，这条线如果过于强调的话，就会让人感觉此人面无表情，给人以顽固执拗的印象。

曲线：在眉毛下侧，如果能描出顺滑的曲线，那么能给人带来开朗印象。眼睛仿佛始终在微笑，令眼睛有温柔感，从而提升人们对你的好感。

Ⅱ. 眉的基本平衡法

在修整眉毛或画眉时，可参考以上这些基本平衡方法。但这只是基本方法，重点还是要依照个人的个性和特性来具体处理。

眉山：在瞳孔外侧纵向延长线和眼角外侧纵向延长线之间，所夹的范围就是眉山范围。

眉头：内侧眼角的纵向延长线以内就是眉头。

眉尾：眼角边缘和鼻翼边缘的连线一直延伸到眉毛部位，眉尾就应该落在这条延长线上。一般来讲，水平位置上，眉尾是不能比眉头低的。

Ⅲ. 眉毛的修整方法

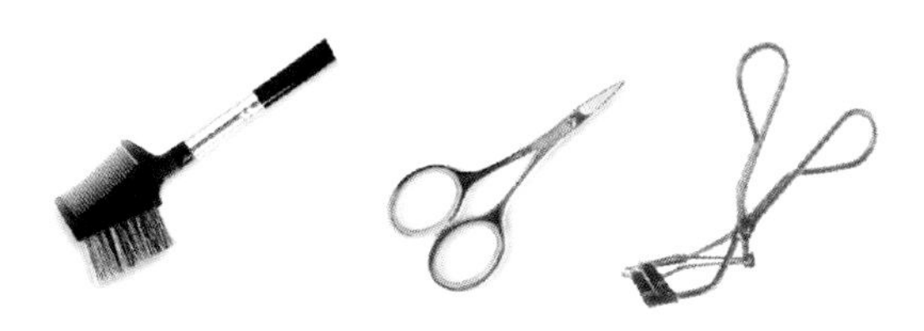

修眉毛前我们先来看看最常用的修眉工具。

眉刷：这种螺旋型眉刷的用处是梳理眉毛、上眉粉、使眉毛挺立。刷子用来梳理眉毛，梳子用来辅助修剪，另外还可以用梳子梳理涂抹睫毛膏后的睫毛。

眉剪：为了防止伤害到肌肤，眉毛专用剪子特意在前端设计了一个圆弧曲线型，修剪眉毛时，和肌肤接触的正是圆弧的外侧。

眉钳：用来拔去多余的或者妨碍美观的眉毛。使用时，前端稍微倾斜一点，比较好用。

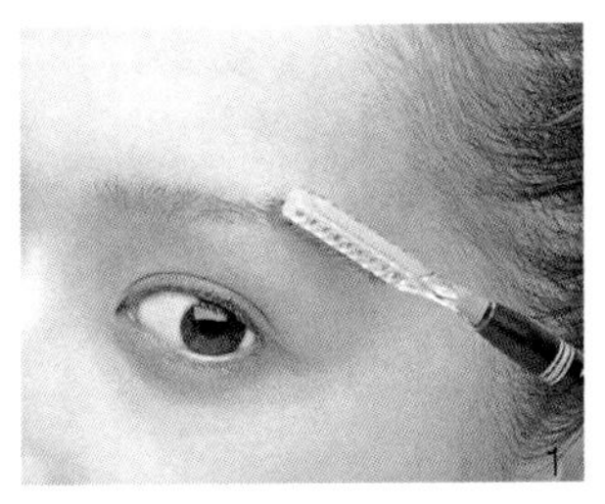

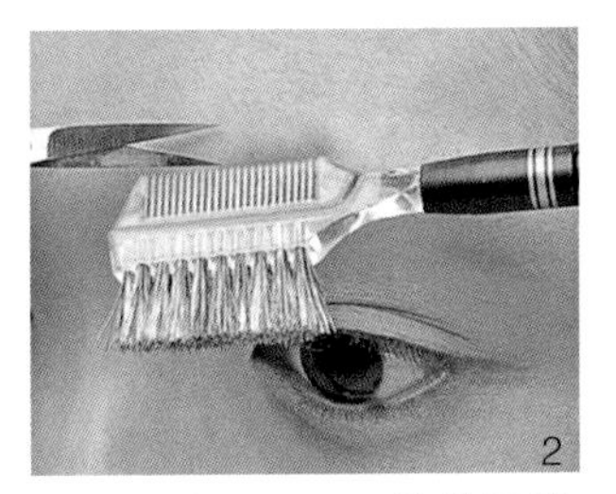

1. 眉毛修整前，先用眉刷的刷子一侧梳理一下，使其沿着生长方向理齐。然后用另一侧的密梳靠住眉毛，从梳子间隙中冒出来的眉毛就可以用眉剪修剪掉。
2. 靠近眉头的部分修整时，要注意将梳子竖起来放，从梳子里冒出来的眉毛可以修剪掉，这样眉头部分的眉毛就会留得比较长一点。

TIPS

注意一定要用梳子靠住后，再用剪刀修剪，这样可以防止剪掉过多的部分。还有，修整时要注意眉头部分留长一点，眉尾修短一点，这样显得有层次感。

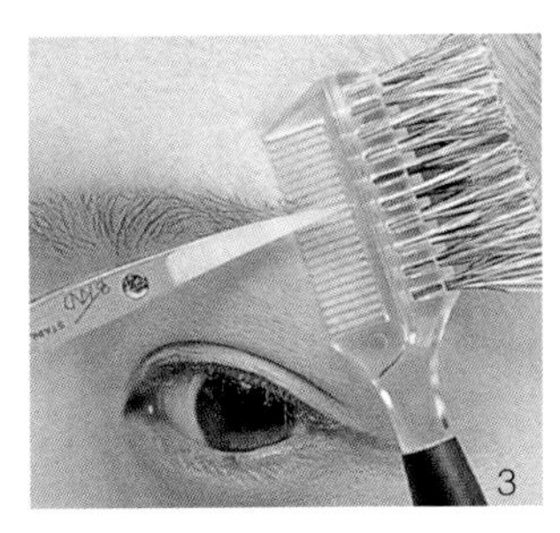

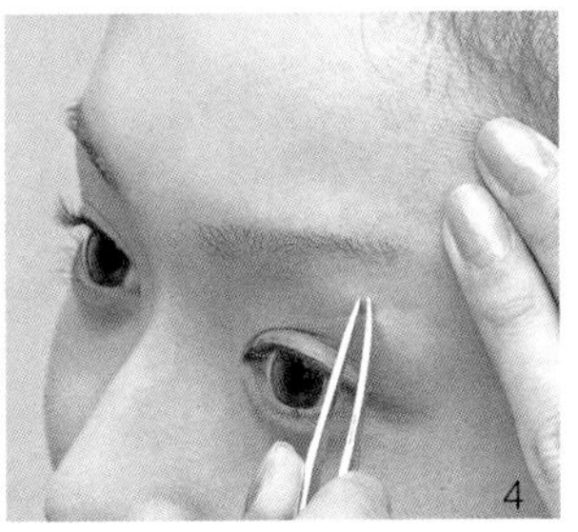

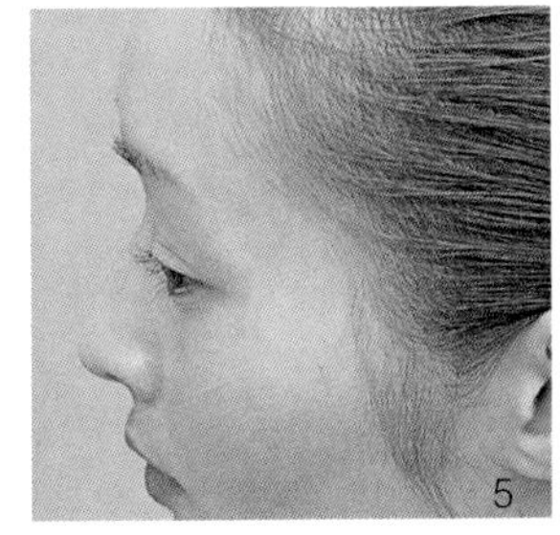

3. 靠近眉尾部分修整时，将梳子横倒贴在皮肤上，从梳子里冒出来的眉毛可以修剪掉，这样眉尾部分的眉毛就修剪得比较短。
4. 上眼睑上以及眉的四周会有一些多余的眉毛，它们会影响妆效，应该拔掉。拔的时候用眉钳夹住毛发的根部，顺着毛发的生长方向拔除。可用手指先将眉毛周围的皮肤拉伸开，这样可以减轻拔眉毛时的疼痛。
5. 这样修剪出来的效果是：眉毛从眉头至眉尾依次变短，侧面看起来脸部很具立体感。

Ⅳ. 画出优雅美人眉

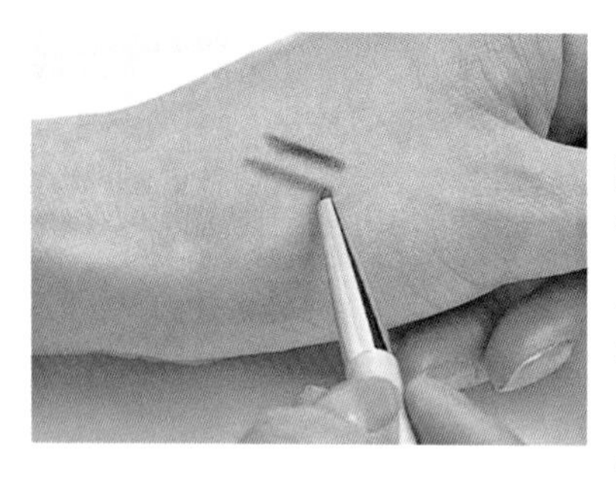

1. 选择眉笔的类型

描眉时，要先选定眉笔的类型，建议选择笔芯稍微硬一点的。判断笔芯的软硬，可以直接在手背上划线来感觉。这样描眉的时候容易控制一些，而且妆效也比较自然。从颜色来看，大体分为黑色和棕色两个系列。一般是根据前额头发的颜色来选择颜色。还有的是选择同系列的2个浓淡颜色混合，能使眉毛更有立体感。这时，一般先用淡色眉笔描出眉形，然后用浓色眉笔在眉头和眉尾着色，使眉毛呈现不同层次感。最后用眉刷刷均匀，使眉毛看起来很自然。

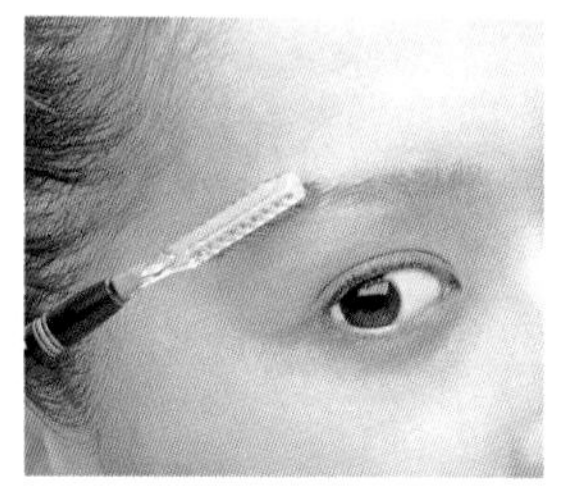

2. 用眉刷梳理眉毛

用眉刷沿着眉毛生长的方向梳理，使眉毛顺着纹理整齐。同时可刷掉附着在眉毛上的粉，使其恢复原本光彩。如果养成每天梳理眉毛的习惯，眉毛也会顺这个方向生长。

3. 左右眉毛保持平衡

对着镜子，描眉时要注意保持左右眉毛的平衡。肘关节支撑在桌子上或者用另一手支撑，以固定住手，保持平稳，防止手在描眉时晃动。画眼线或唇线时也同样可以参考这样的做法。

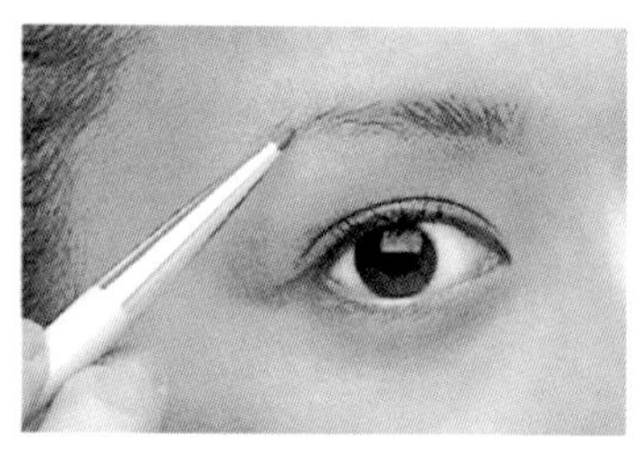

4. 用眉笔描画眉毛

在毛发比较稀疏的部位，用眉笔一根一根沿着生长方向描画。例如想要强调眉山部位时，就要将该部位多画几次，使颜色变浓，但是，要注意的是：画完以后一定要用眉刷把此部位刷匀，不能让线条太过突兀。总之，先描画，然后刷匀，如此反复处理就能得到自然的眉形效果。

Ⅴ. 眉的形状VS给人的印象

眉毛是整个脸部化妆时可以根据妆容的需要自由变化的部分。所以，在眉毛修饰时，不必拘泥于本身的形状，而应该根据想要表现的形象自由地描画。

快乐的眉

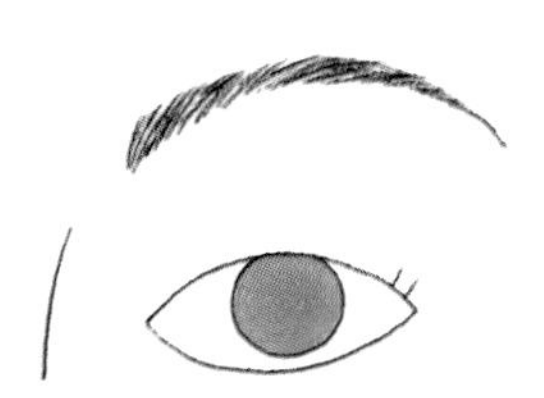

1. 眉的下侧有圆滑的曲线

这样的眉形给人带来明朗的感觉，令人产生好感，给人始终在微笑的印象。

健康的眉

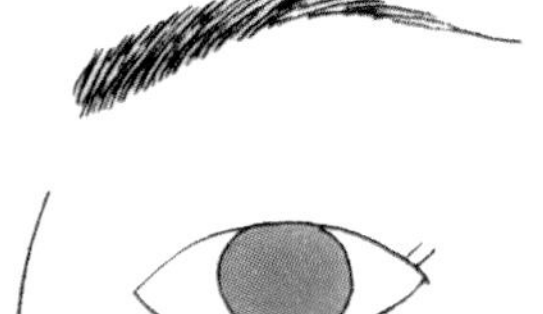

2. 中间位置的眉形

这样的眉给人健康的印象，是不论男女老幼都能接受的一种比较大众化的眉形。

理性知性的眉

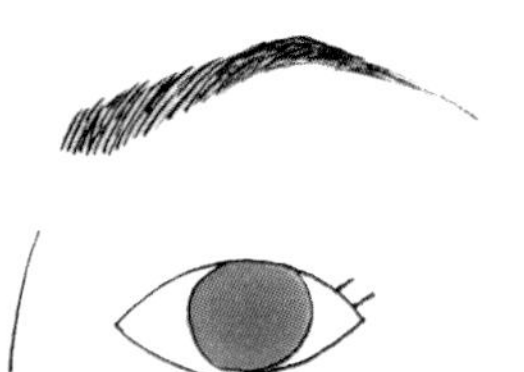

3. 线条分明的眉形

这种有鲜明直线和锐角的眉形，给人带来理性冷静的印象。

可爱的眉

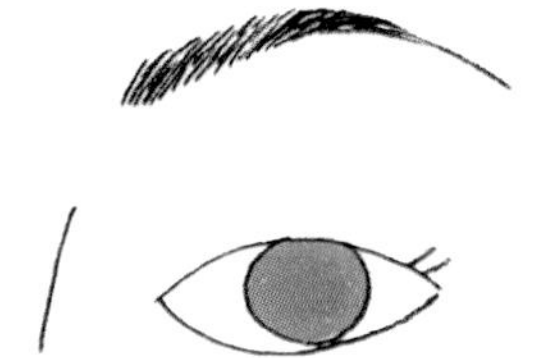

4. 小弯弓形眉形

这种眉毛令人感觉天真可爱，适合纯真无邪的女性。

名流女士的眉

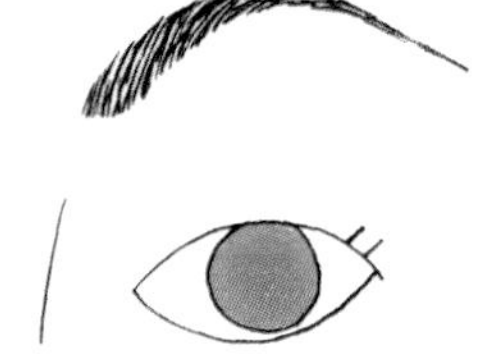

5. 高弯弓形眉形

这种眉毛令人感觉到品位高尚、优雅有魅力，带给人贵妇的印象。

优雅的眉

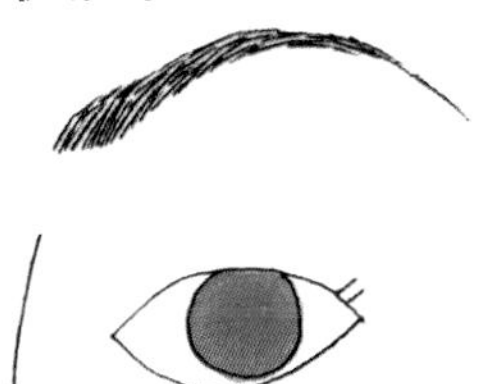

6. 长弯弓形眉形

这种眉毛令人感觉到华丽、优雅，同时还给人以温柔大方的印象。

温和的眉

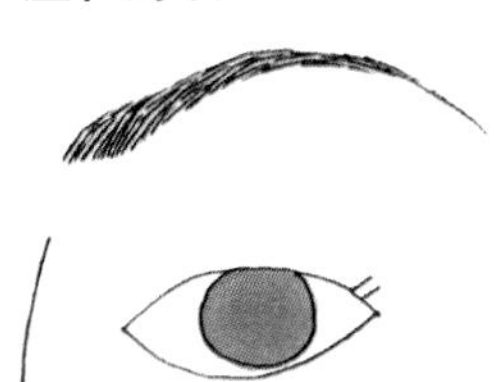

7. 平滑的眉形

这种眉毛令人感觉人际关系良好、性格温和、稳重。

帅气的眉

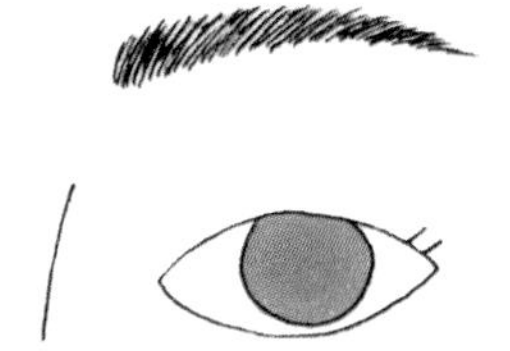

8. 平短的眉形

这种眉毛令人感觉朝气蓬勃、冲劲十足，给人少年英姿勃发的印象。

野性的眉

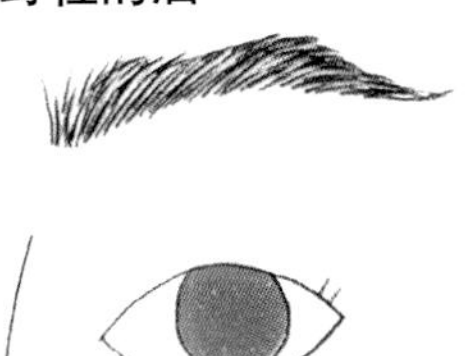

9. 眉头浓重的眉形

这种眉毛给人强烈的男性化，充满活力的感觉。

Necessary Elements for Eye Cosmetic

二、眼部彩妆，基础入门必备

人们习惯于对眼睛部位的修饰称为上眼影，其实，还有眼睛部位的高光处理、眼线色彩等修饰，所以，在专业化妆师眼里，眼部彩妆才是准确的叫法。眼部通过高光色和眼影的修饰，带来了光和影的色彩，使眼睛具有立体感，整个脸部的表情也因此变得生动多彩。

粉状的眼影和高光粉在使用前，用化妆刷蘸取涂抹在手背上，根据色彩和手背的融合颜色来判断彩妆的彩色和分量是否合适。如果颜色太浓，会使上妆效果太过，所以，先上稍微淡点的颜色，可以通过反复涂抹达到理想的色彩。另外，当要变换颜色时，记得用纸巾将化妆刷前端的残留色擦干净后，再使用。

高光色

白色、淡粉色、金色等明亮的颜色经常被用作高光色。涂抹在需要显得位置比较高或者比较显眼的部位。经常用在眉毛尾部的下方和眼睛闭上时，眼皮最突出的位置。

眼影

深棕色或深灰色等颜色是经常使用的眼影色。需要注意的是，那些颜色很深但是混入珠光或金银等亮颗粒的眼影会让你的妆显得不自然，要避免使用。眼影一般使用在需要显得凹陷的位置。经常使用的位置是眉头下面到鼻梁之间的位置以及眼睑凹陷的位置。

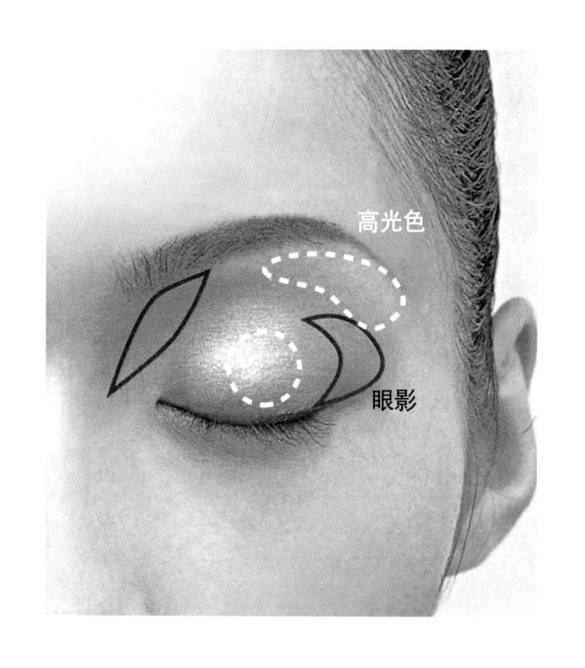

1. 上眼影

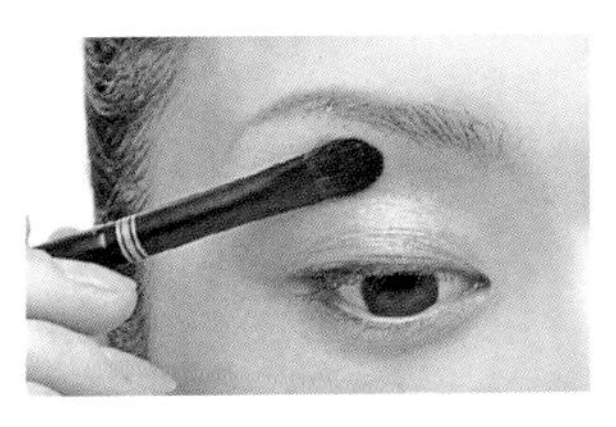

用粗眼影刷蘸取深棕色或深灰色眼影在眉头下部和鼻梁之间薄薄地涂抹一层眼影，在眼睑的凹陷部位上同样颜色的眼影，眼角部位可以稍微上浓一点颜色的眼影。这样，使眼影的层次显现出来。要记住，在眼睛上涂抹前要在手背上调整颜色和用量。

TIPS
眼部彩妆的分类

眼部彩妆的种类分为以下三种。

粉状眼部彩妆：为了防止上妆过浓，先用眼影刷蘸取粉放在手背上，观察其与皮肤的结合颜色和纹理状况。

膏状眼部彩妆：上妆后颜色效果好是膏状眼部彩妆的特点。但是，因为油分过多，所以容易掉妆，这一点要注意。

笔状眼部彩妆：用笔状彩妆描抹后，用手指均匀涂抹，使彩妆与皮肤密致结合。

2. 上高光

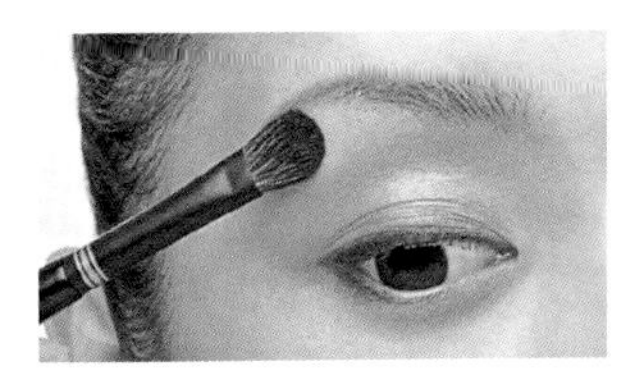

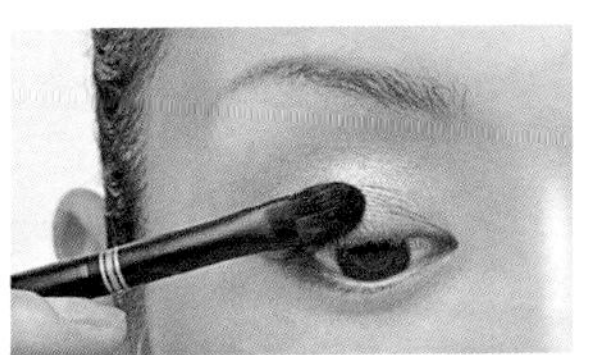

用粗眼影刷蘸取白色、淡粉色或金色，涂抹在眉尾部下侧凸起位置，用手轻触就能够感到其位置。另外，闭上眼时，用手轻触就能感觉到眼球部位凸起的地方，在这里也应涂高光色。这些位置的高光色与瞳孔的光亮和高光相互辉映，使表情生动，增强面部立体感。

3. 上眼线

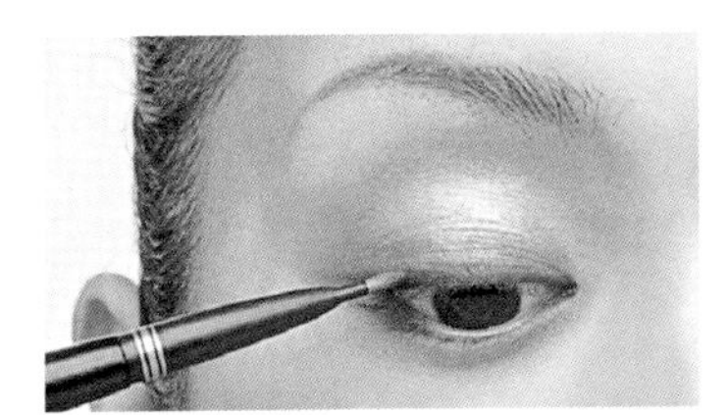

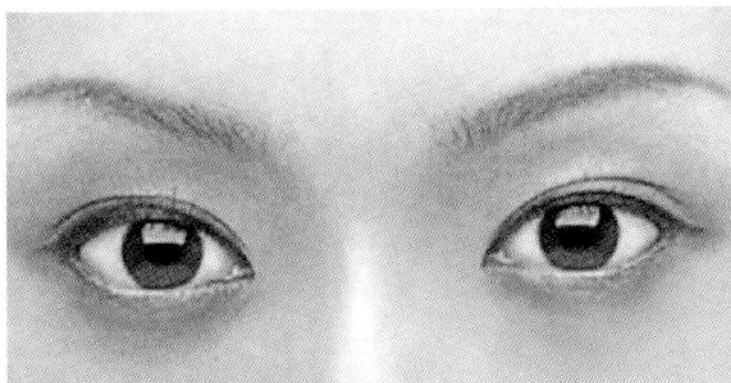

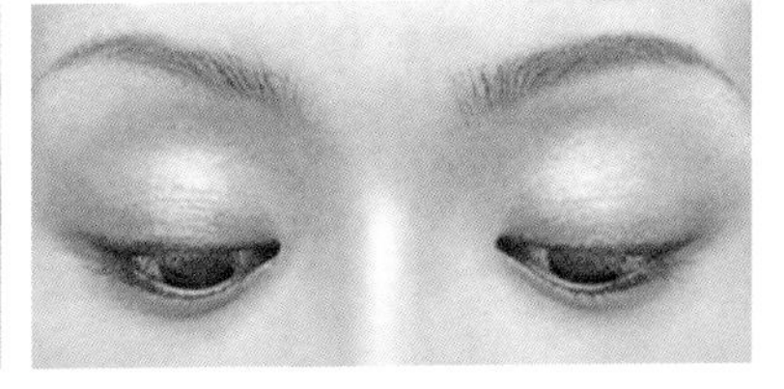

用细眼影刷蘸取眼影，在眼皮边际按线状勾画。下眼线勾画时，从眼角开始会更具立体感。涂抹上眼线时，眼睛稍微向下看；勾画下眼线时，眼睛稍微向上看。

Eye Liner, the Secret of Your Beautiful & Bright Eyes

ファッション達人

三、巧画眼线，扮靓双眸的秘密武器

你喜欢清淡的妆容，但是仅凭淡淡的眼影、几近透明的唇色怎能完全凸显你的美？别小看细细的眼线，它的魔力不容小觑。它能在视觉上达到欲盖弥彰，是放大双眼、扮靓双眸绝对不可放过的秘密武器！

描画眼线，首先要选择使用工具。一般分为眼线笔、眼线液和眼线膏。眼线笔要选择那种笔芯柔软、伸展性好的；眼线液的优点是线条清晰，妆效好看，但是一旦失败重画很麻烦；眼影膏要与少量的水调和后才能使用，容易调节浓淡度，但是需要比较高的描画技巧。

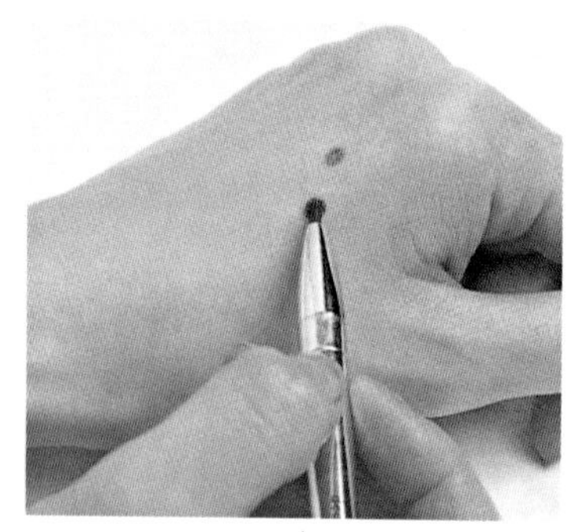

一般初学者建议使用眼线笔，之前要先试用一下笔芯的软硬度。笔芯太硬的话，描画的时候会很痛，而且又不容易着色；笔芯如果太软，要小心涂抹量太多导致掉妆。可以在手背上试用笔芯的触感和颜色，然后再用手轻轻抹开确认颜色附着性的好坏。眼线笔的颜色应该与眉毛、刘海的发色相吻合，可以从黑色、灰色、深棕色中选择。

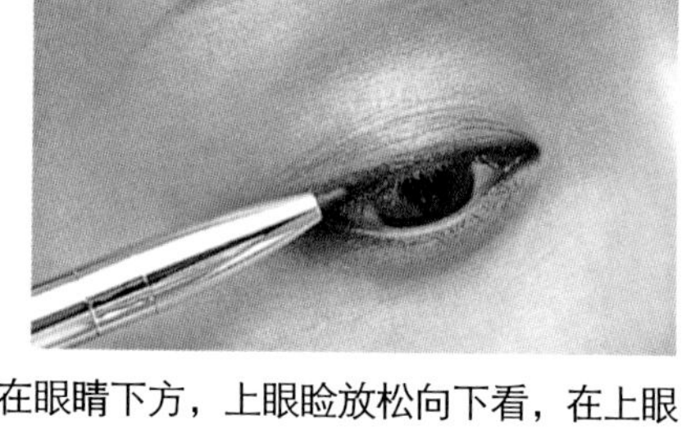

先从上眼线开始，镜子摆放在眼睛下方，上眼睑放松向下看，在上眼皮边际位置描画。不是一口气从里画到外的，可以分段描画。重要的是眼线一定要描画在睫毛根部，这样才能令画出来的睫毛自然好看。

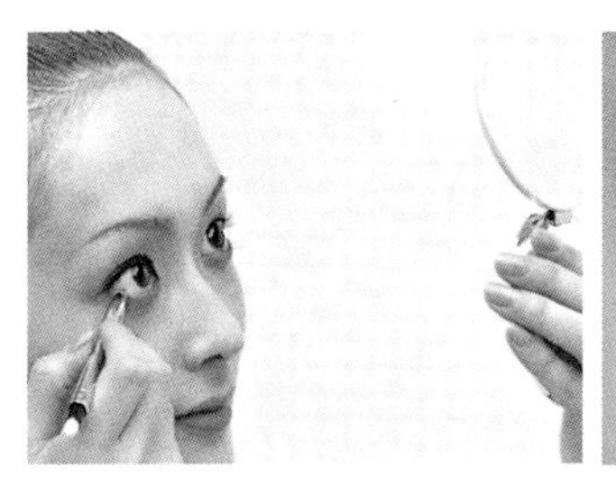

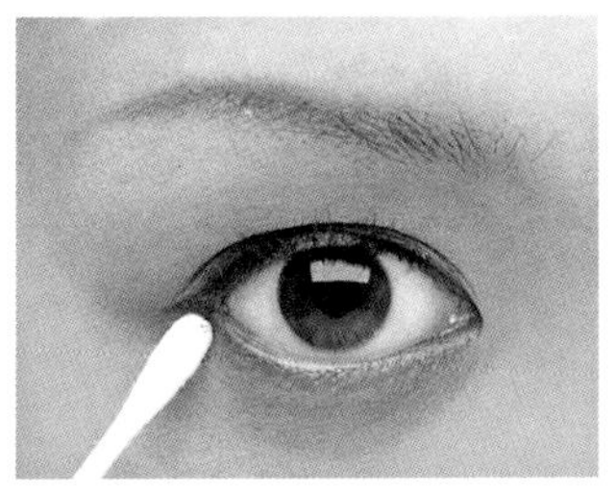

画下眼线时，镜子要举高或摆放在高位，眼睛向上看，下眼睑展开，这样描画比较容易。眼线尽量画在睫毛根部之间的缝隙中。如果画得太粗，可以用棉花棒轻轻擦去多出来的部分。

眼线画法VS给人的印象

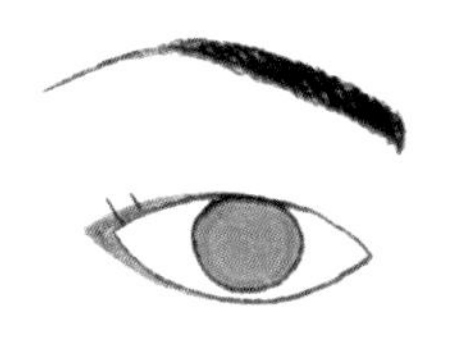

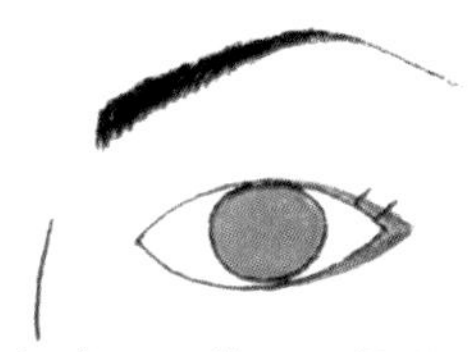

精明型：只在上下眼角部分画眼线，显得眼睛横向比较长，给人精明的感觉。

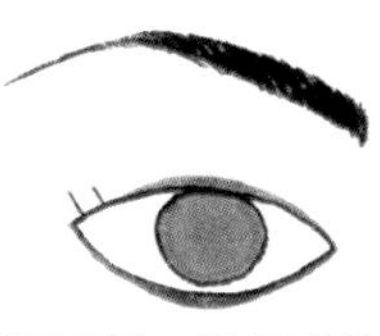

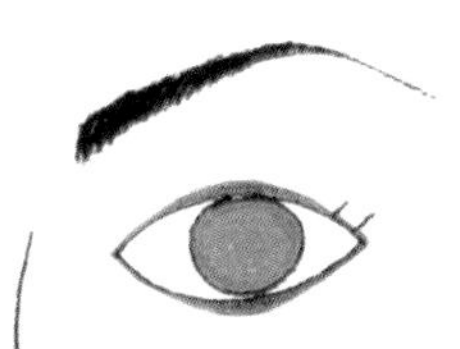

可爱型：黑眼球的正上下部位眼线画粗一点，这样显得眼睛又圆又大，给人可爱的印象。

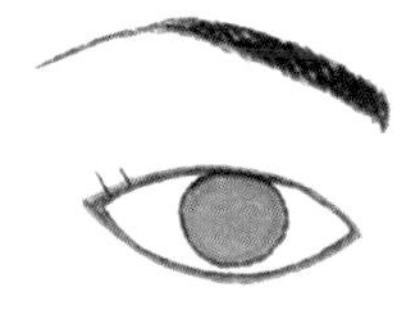

成熟型：内眼角处眼线画得比较细，到外眼角渐渐变粗，这样可以强调外眼角，表现出成熟有女人味的眼睛。

Modulate Eye Cosmetics and Say Goodbye to non-perfect Eyes

四、问题眼妆修饰，告别不完美眼形

她的眼睛大而水灵，永远电力十足；她的眼睛细而长，但却有着说不出的妩媚；她的眼睛内双，但依然神采奕奕，魅力非常……毫无疑问，你羡慕她们的眼睛，但并不是你不够完美的眼睛就不能“妆”得完美，只要能好好掌握以下的技巧，你一样能够电扫一片哦！

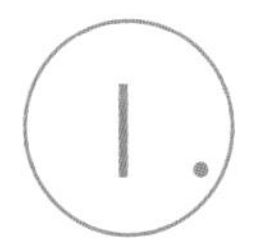

不同眼睛的化妆技巧

1.眼角上翘的眼睛

●给人温柔的印象●

为了能和鼻子处的阴影相映衬，在上眼睑涂抹鼻影，使上眼睑增加厚度和质感。

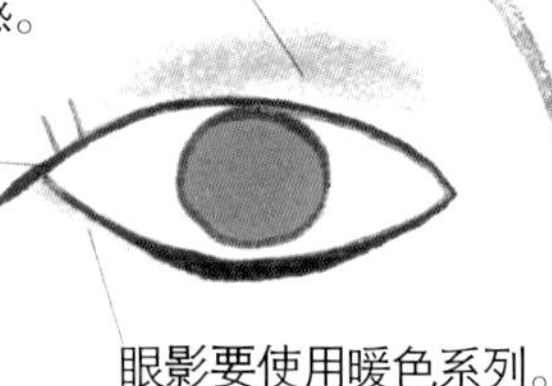

眼角的上眼线稍微画出来一些并向下延伸，使眼角感觉下垂。

眼影要使用暖色系列。

●给人精明的印象●

上内眼角画细眼线。

用灰色的眼影涂抹在眼睛尾部，显得眼睛很长。

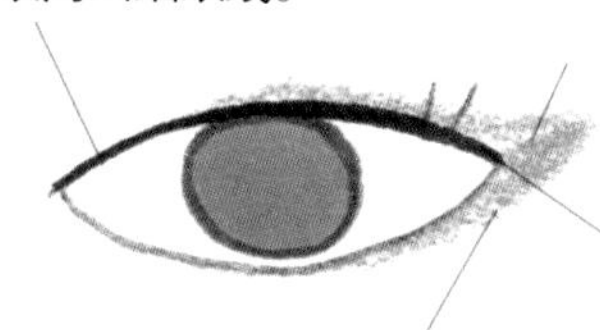

外眼角上下都要画眼线。

下内眼角尽量将眼线向上提。

2.外眼角下翘的眼睛

●给人成熟的印象●

棕灰色在外眼角上方涂抹。

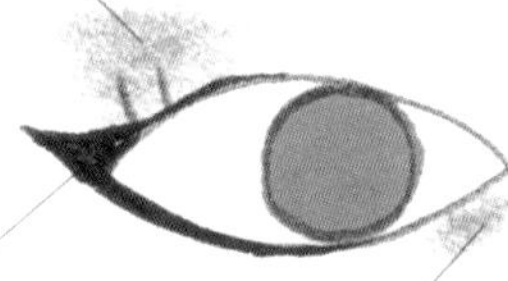

外眼角的尾部尽量翘起。

用棕色或灰色的眼影在内下眼角涂抹，显得眉头比较低一点。

●给人可爱的印象●

内眼角上方靠近鼻梁侧涂抹，使上眼睑有凹陷的感觉。

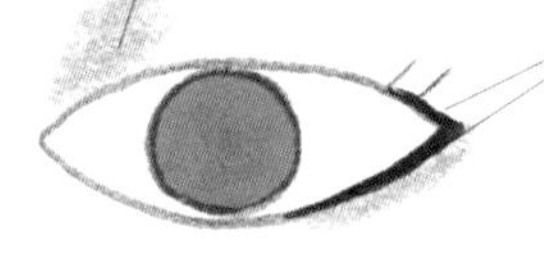

外眼角处用眼线和眼影分别描画，造成眼部阴影的效果。

3.单眼皮的小眼睛

●显得有双眼皮●

在上眼睑和眉骨之间涂抹深棕色和灰色眼影，使眼睛看起来有双眼皮。

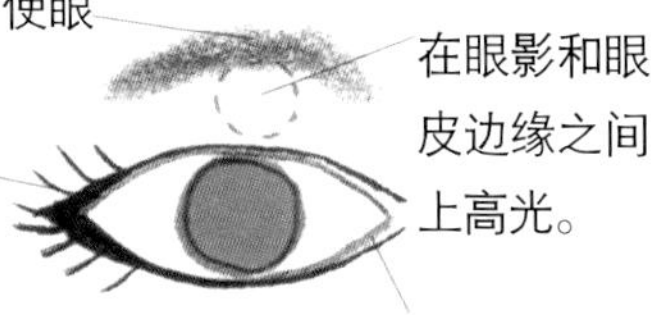

在眼影和眼皮边缘之间上高光。

在外眼角处尽量将眼线画得细长，再多涂抹一些睫毛膏。

内眼角的眼线不要重合连接上，就保持其向内横向伸长即可。

●具有光和影的印象●

上眼睑正上方打高光。

在内眼角到眼皮中间以及眼皮中间到外眼角之间都涂抹眼影并向中间推抹。

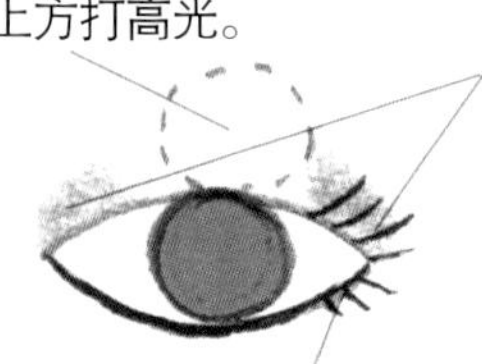

上下描画黑色的眼线，用黑色睫毛膏来强调黑眼球的光彩。

4.对于单眼皮的化妆

●给人细长又水灵的印象●

从眼睛中间开始向眼角方向轻轻勾勒出眼线并横向扫出眼影，这样显得眼睛横方向变长。

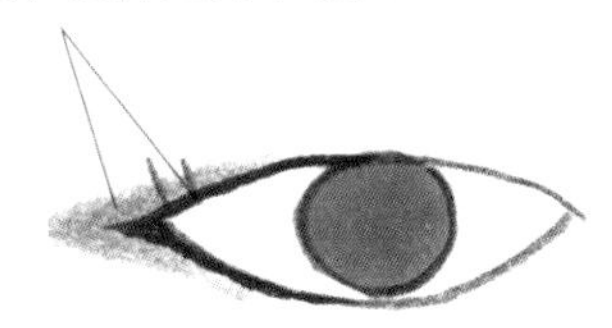

●具有立体感的生动印象●

在内眼角和外眼角分别向上眼睑中间扫抹，接近眼睑中间颜色变淡。

在上眼睑中间位置打高光。

上眼线从中间开始画粗些，直至眼角。

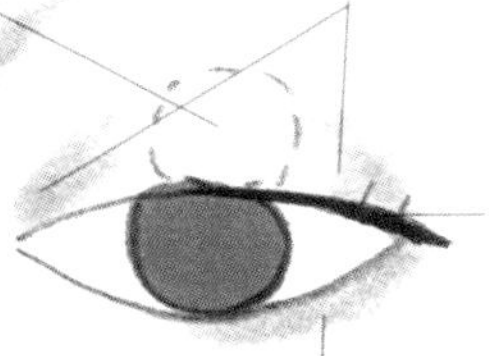

在鼻翼侧位上鼻影，突出鼻梁高度感。

下眼睑的中间直至眼角，要涂抹眼影。

5.对肿胀眼睛的化妆

●用冷色系给人酷感印象●

眼角部位勾细眼线。

在稍微靠上一点的位置扫抹蓝色等冷色系的眼影。

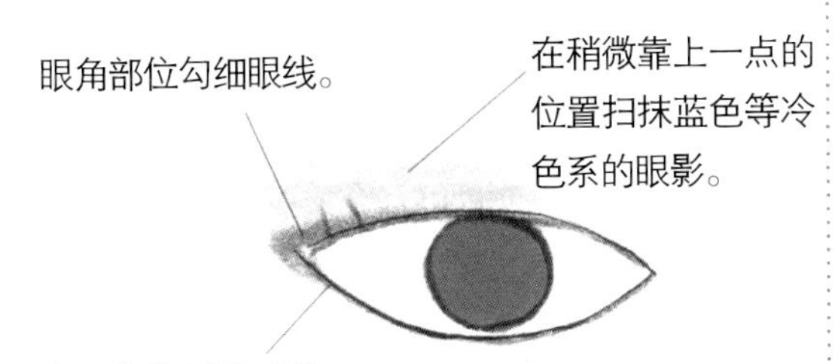

在眼角靠近睫毛处涂抹深灰色眼影。

●使眼睑看起来有凹陷感●

眉头下方上高光。

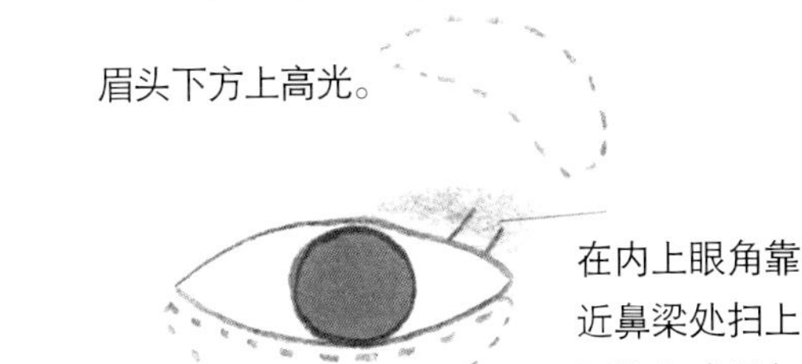

在内上眼角靠近鼻梁处扫上深棕色或深灰色眼影。

在下眼睑上高光。

6.对凹陷眼睛的化妆

●给人温柔的印象●

在眉骨处扫抹偏红色的棕色眼影。

上眼睑整个涂抹高光。

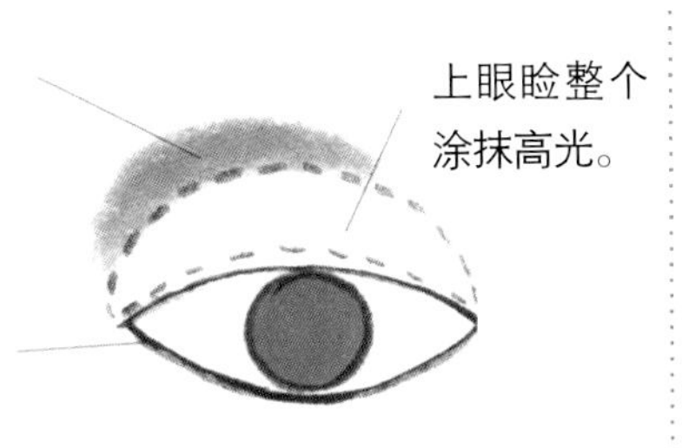

眼线画的自然就好。

●给人清爽的印象●

在眼睛凹陷的部位涂抹暖色系眼影。

眼线画的自然就好。

II 单眼皮美妆PK双眼皮美妆

你总是抱怨不完美的眉、单眼皮的太单薄、双眼皮的不明显？多花点心思，无论单眼皮或是双眼皮，都能变成黏着他视线的迷人眼。只要学会高超的技巧，你一样能有动人的明亮双眼。

单眼皮 小烟熏妆深邃灵动

小烟熏妆能将单眼皮的魅力挖掘得最彻底，纤长浓密的睫毛和宽阔的眼线可以赋予单眼皮无比灵动之美。

下深上浅法则
银灰渐变色烟熏眼影

银灰色是今季流行色之一，以从上到下逐渐加深的方法晕染，并在C形区加入杏粉色的柔和高光，共同为单眼皮塑造深邃感。

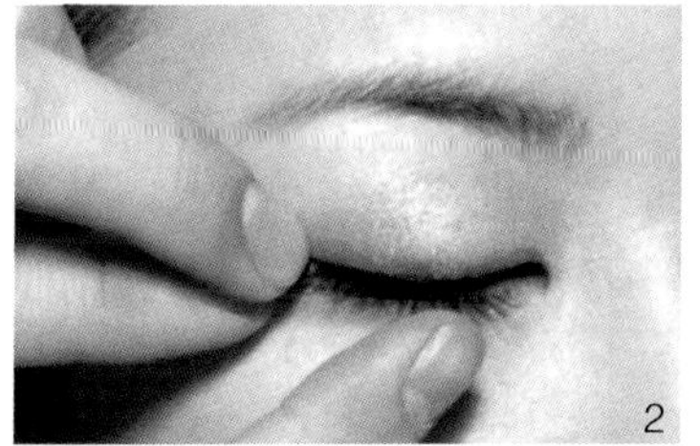

纤长卷翘睫毛
弥补被单眼皮遮盖的部分

制造浓密卷翘的睫毛，是令单眼皮看起来更有神的秘诀。可以考虑在眼尾粘贴假睫毛，但要事先将假睫毛修剪自然，避免与自身睫毛差别太大。

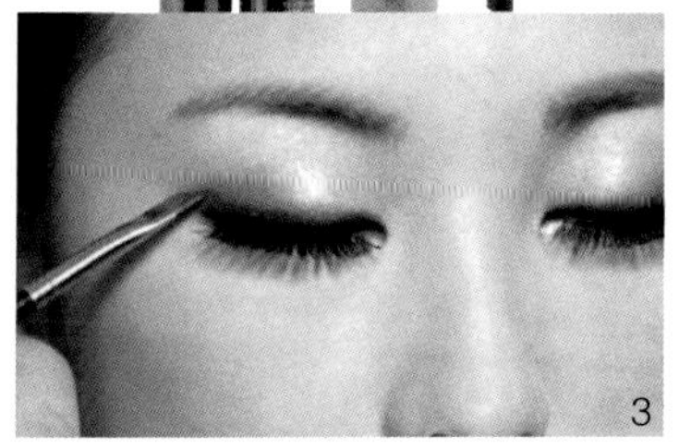

3mm眼线法
强调眼部明晰轮廓

单眼皮的眼线应该比双眼皮的眼线宽些，想得到自然却有效的眼线效果，可先勾画2mm宽的液体眼线，再用粉质或膏质眼线液加宽到3mm。

荧光白前眼线
具有开眼角的大眼效果

在距离内眼角的1/2处描画具有荧光效果的白色眼线，模拟开眼角的美容手术，具有很好的扩大眼形的作用。

化妆师分析 单眼皮重在扩大眼形，单眼皮MM的睫毛容易被眼睑盖去一部分，从而显得睫毛短、眼睛无神，因此，能让睫毛纤长浓密的睫毛膏是最重要的眼妆单品。优秀的睫毛膏除了能让睫毛浓密纤长，还应该能保持根根分明，经得起近距离接触的检验。

化妆师出招 多次涂刷可令效果加倍，但要注意每次涂刷的睫毛膏不要过厚，并等睫毛膏干透后再涂刷下一层。

双眼皮 圆润眼形楚楚动人

并非所有的双眼皮都充满诱惑力，只有圆润柔和的眼形配合略微下弯的眼尾，塑造出“低眉＆顺眼”才有楚楚动人的慑人魔力。

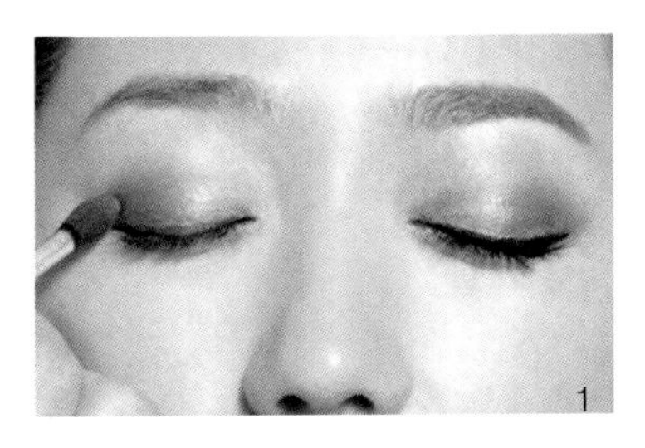

1

2

V字形棕色眼影塑造眼部立体感

双眼皮眼妆不妨用温柔的棕色眼影强调眼部立体感和圆润眼形。眼影沿睫毛根部和双眼皮线呈V字形涂抹，眼线不要拉长上翘，随眼形走势描画就好。

含蓄光泽粉色带出一抹甜美感

还是遵循强调圆润眼形的宗旨，将略有光泽感的粉色眼影涂抹在上眼睑中部，不必扩散到眉骨下。

3

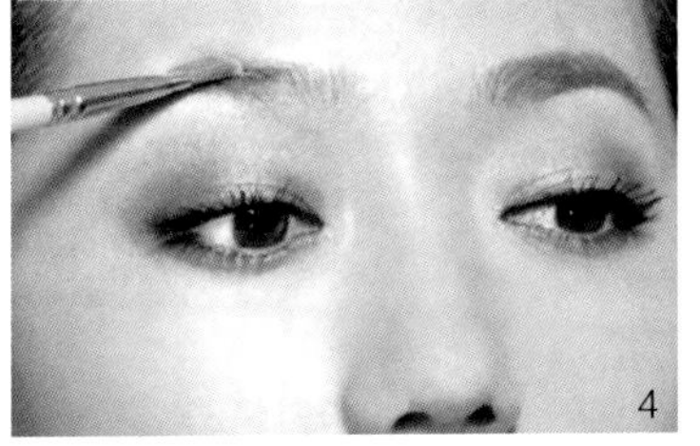

4

闪银下眼线
缔造楚楚动人眼眸

贴近下睫毛根部，描画一道细细的银白色眼线，可以让双眸看起来“泪光盈盈”，让异性产生保护欲。

染淡眉毛
描画平直的眉尾

拥有甜美五官的人，眉毛一定要画得平直些，太弯显得过于甜腻，眉尾太高又有拒人千里之外的凌厉感。

化妆师分析 对于双眼皮MM，只要将睫毛根部补满眼线就好，膏状眼线可以轻松填满睫毛间的空隙，即使画出线状眼线，也不会显得生硬。

化妆师出招 膏状眼线容易晕开，因此建议多使用棕色，即使晕开也够自然，若是黑色就容易看起来脏脏的。

III、化妆术拯救“眼大无神”

你是令人羡慕的“大眼妹”，但是有时却显得无神，化妆稍不留意就感觉到妆很浓很不自然。怎样营造柔和而具层次感的眼妆呢？让我们看看以下的三种有效方法，来打造优雅眼妆。

秘决1. 避免使用黑色

如果想使原本就显得突出的眼睛看起来温柔的话，就要避免使用黑色眼线或睫毛膏，它会使眼睛显得更加生硬突兀。棕色眼影或者彩色睫毛膏则能使眼睛看起来优雅柔和。

秘决2. 尽量让视线集中在眼角部位

如果在眼角内侧着色过多，就会在眼角和鼻翼侧产生阴影，过分吸引视线，给人造成“浓妆”的感觉。所以，眼部妆应该放在眼角外侧，这样横向拉长了人们的视觉范围，分散人们视觉注意，从而达到平和视觉效果的作用。

秘决3. 不用使用深色系眼妆

如果在上眼睑涂抹深色系眼影，会给人以深刻的浓艳的印象。应该在上眼睑用柔和色系眼影制造出层次感，下眼睑要使用粉红色或紫色眼影，带出女性的温柔感觉。棕色眼影+彩色睫毛膏和光的使用，令眼睛柔和、有层次感，更有魅力。

一般的大眼化妆时，通常强调双眼皮，所以用强烈颜色以起突出作用，但无神的大眼不能用这一原则，而要尽量消除双眼皮带来的强烈视觉差异，双眼皮部位运用光阴影的遮掩，使眼皮界限变得不太明显。要用浅色眼影修饰下眼睑，可以带珠光，隐隐约约的光彩带出滋润感，给人带来优雅的印象。

eye

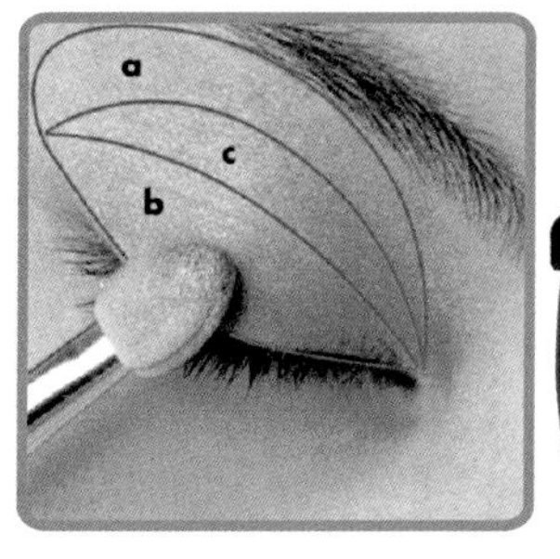

1. 在靠近上眼线的眼睑位置，用银灰色眼影由下至上均匀推开（图示b区域），在眼眶与眉毛之间范围涂抹金色眼影（a区域），最后在两者之间用珠光白色眼影连接（c区域）。注意，银灰色眼影不能呈细条状涂抹，而是呈圆弧状向上推开，造成视觉上的柔和阴影效果。

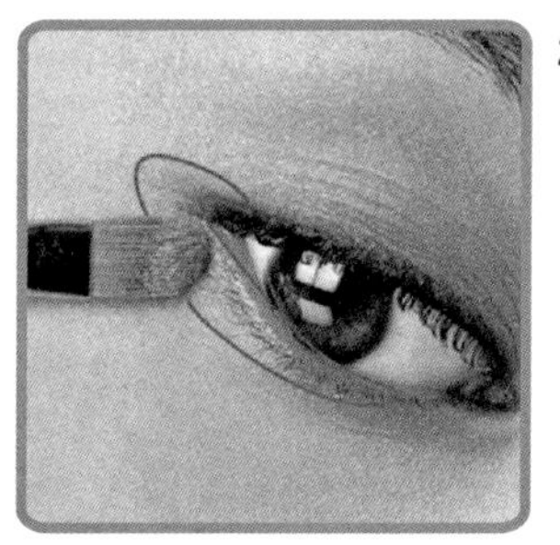

2. 用眼影刷蘸取浅紫色眼影，并将需要量一次性放在手背上，刷子分次汲取适当量轻刷在下眼睑位置，带出下眼睑的丰满感并且令瞳孔有润泽莹亮感。

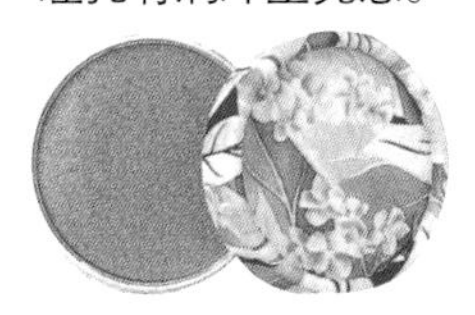

3. 用棕色眼线笔沿着眼睛睫毛边线在睫毛缝隙间涂色，然后在眼尾处描曲线，使眼睛看起来更圆。接近眼角的位置，上眼线稍微向上提起。

4. 用灰绿色睫毛膏修饰上睫毛，睫毛刷先停留在睫毛根部轻微左右摆动，使睫毛膏液体充分与睫毛根部结合，然后快速向上外侧提起，这样刷出的就是根部浓密、末梢纤细的效果。

5. 下眼睑使用蓝色睫毛膏，睫毛刷竖立转动，把睫毛一根一根向下刷，尽量不要让睫毛重叠，保持纤细修长。

cheek

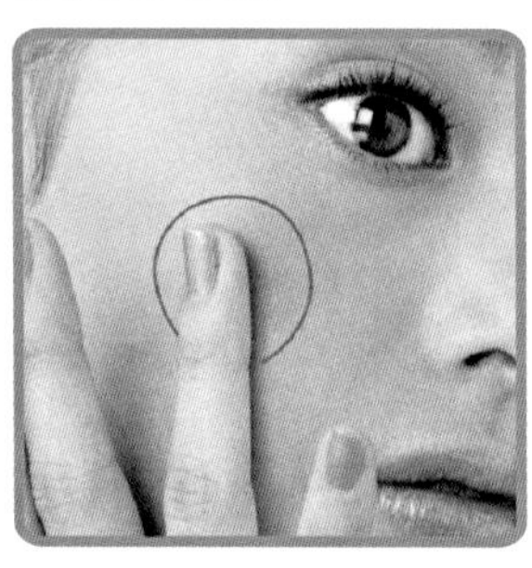

腮红扑在脸颊较上的位置，稍微向外侧，膏状和粉状腮红同时结合使用，使脸上血色柔和渗出，衬托眼部柔和光彩。

1. 先用膏状腮红在脸上打底，用无名指指尖稍微蘸取一点粉红色膏状腮红，点在眼睛外侧靠下的位置，用手指肚轻轻一边点一边扩散在周围，呈圆形。

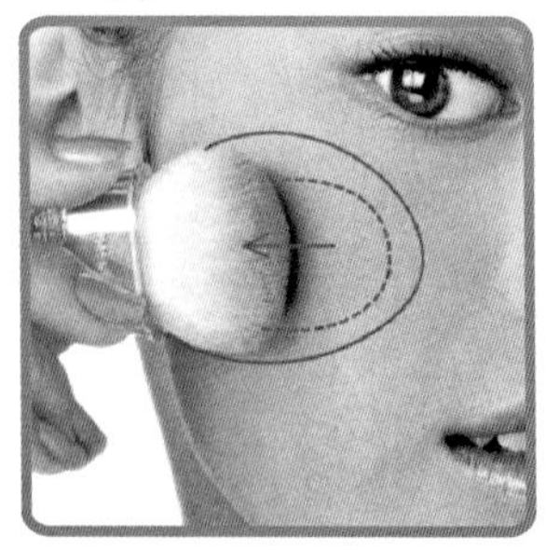

2. 用粉刷蘸取粉状腮红放在手背上，让粉与手背皮肤充分贴合后，用粉刷轻轻地沿着先前的圆形腮红向周围打圈，让圆圈扩大。

lip

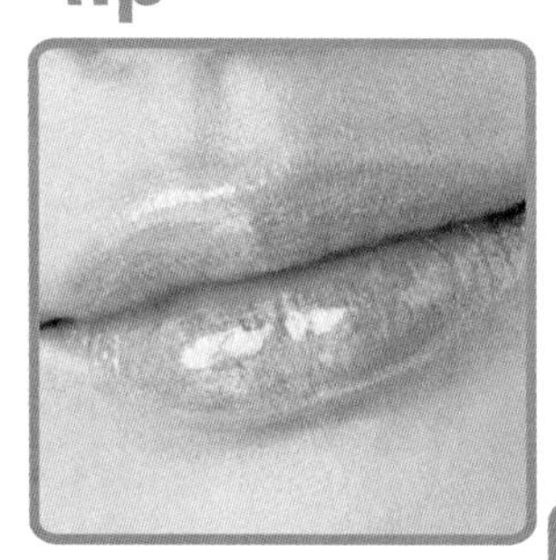

唇部使用浅色唇膏，诱人的唇妆十分配合整个妆效，决不张扬却又散发可爱有魅力的春天气息。

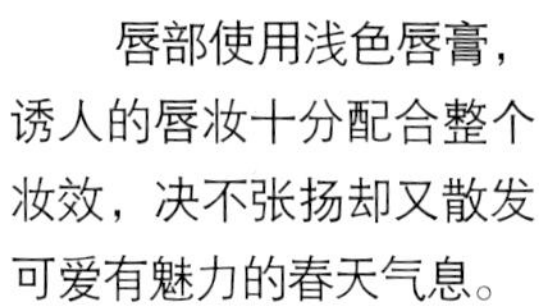

选用有透明感的珠光粉色唇膏，让双唇散发水晶般的光彩而且丰满水润。用珍珠白色唇线笔清楚描出上下唇线，靠近嘴角位置使用驼黄色唇线笔。然后用唇刷在唇上由内向外均匀刷满，可爱而又充满魅力的唇妆完成了。

Ⅳ. 化妆术拯救“眼距过宽”

你的眼睛足够明亮，但是两眼距离比较远，看起来不够有神采，而且总给人“扁平脸”的印象。怎样用化妆来改善呢？让我们详细地看营造眼睛立体感的三大方法。

秘决1．上下眼睑要变换不同的色彩

如果使用同样色彩和色调涂抹上下眼睑，眼睛的形状和位置就很容易被人意识到，这样眼睛间距的问题很容易被人发觉。在上眼睑涂抹浅色眼影，下眼睑涂抹浓色眼影，眼睛内眼角重点用色彩装饰，这样就模糊了眼睛的位置和形状。

秘决2．尽量提升内眼角的睫毛

仔细地将内眼角的睫毛向上卷，使其翻起，再涂抹上浓色睫毛膏，这样眼睛的中心位置就向内靠拢，让人感觉眼睛间距缩小了。

秘决3．内眼角处的色彩和光的处理

上眼睑内侧靠近鼻翼侧要提亮色，从眉毛下侧开始到鼻翼位置都要亮影处理，用光和色彩的处理造成柔和的层次感，这样就能很好地遮盖住两眼之间过宽的距离。

眼距远的人一定要注意内眼角的提亮，用与上眼睑颜色相同的淡绿色眼影向内侧扫，从眼睑向眼角带出光的层次感，视觉上眼睛在向内延伸。内眼角睫毛尽量提升拉长，充分上睫毛膏，突出其存在感。眉头下用棕色鼻影轻刷很短的一段，营造阴影和立体感觉。注意，不能刷得过长，这样反而会过于醒目，让人感觉两眼间的距离过大。

eye

1. 用棕色眼线笔描出上下眼线，增加视觉效果。从上眼睑的外眼角边缘沿着睫毛位置细细画眼线，内眼角位置要勾出比较粗的眼线。

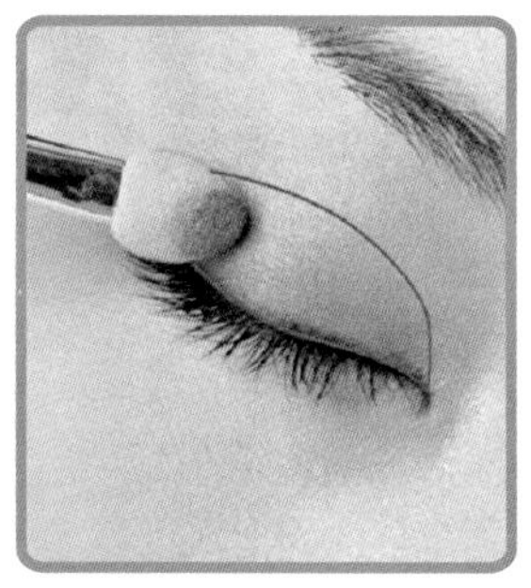

2. 用海绵棒尖轻轻蘸取一点蓝色眼影，从眼睑由下向上整体涂抹上。注意，靠近眼角位置也要稍微涂抹一点。

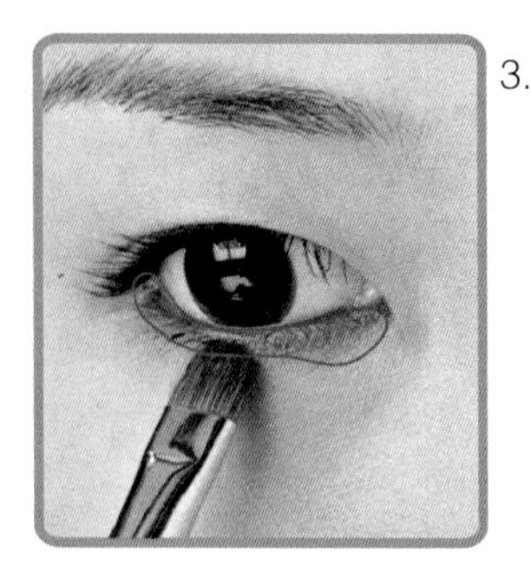

3. 用眼影刷蘸深棕色眼影涂抹下眼线，刷子横向刷，特别是靠近内眼角1/3位置要重点反复刷，颜色尽量浓一些。

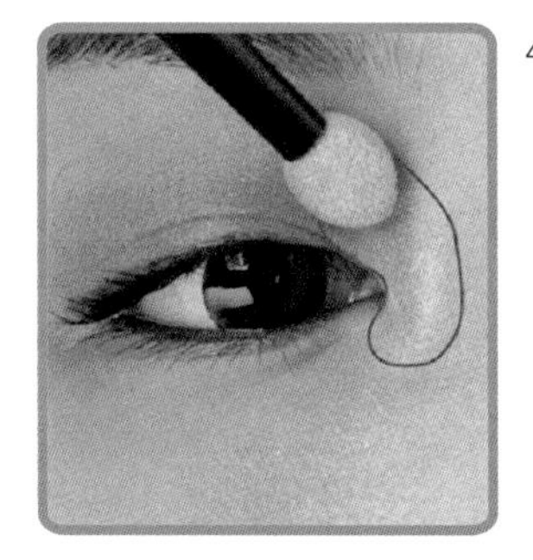

4. 用海绵棒尖蘸取淡绿眼影来提亮，在内眼角凹陷位置涂抹，直至靠近鼻梁位置。

5. 内眼角的眼睫毛涂抹黑色睫毛膏，要让睫毛尽量拉长提升起来，尽量使其显眼。根部涂抹速度要慢，涂抹充分，提拉要快速，使睫毛末梢纤细。

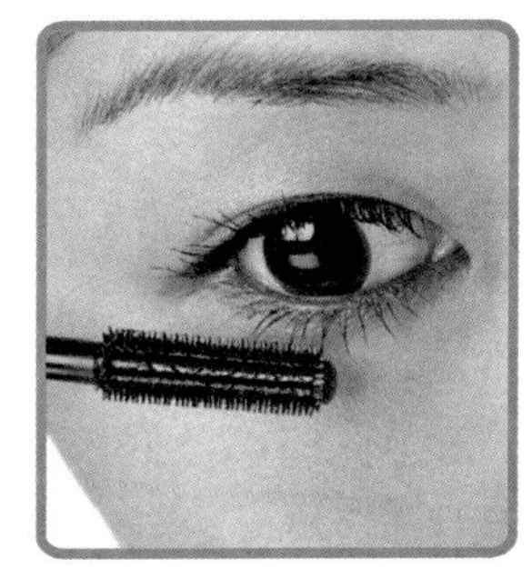

6. 因为整个眼部已经用黑色眼线，并且上眼睑也使用了黑色睫毛膏，黑色对眼睛大小和位置的强调作用很大，所以下眼睑就不必过于强调，用棕色睫毛膏刷涂下睫毛，稍微修饰一下即可。

cheek

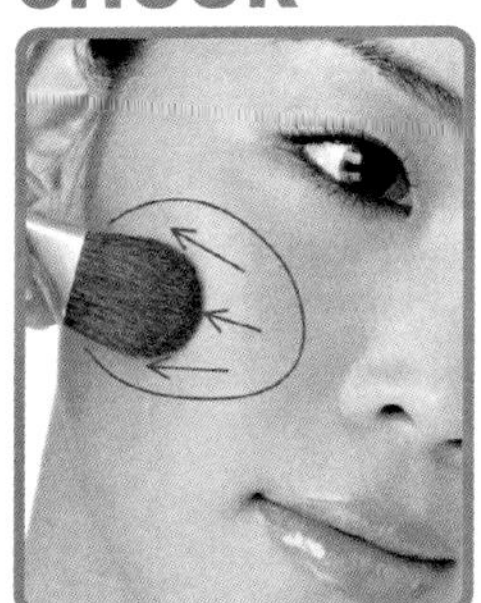

让眼睛闪闪有神，成为视觉焦点，那么整个脸部就不应该有其他过于引起视觉注意的亮点或光线，一切应该以自然为原则。故此，腮红应该是能带出自然的血色，阴影和高亮色也很重要，特别是鼻翼侧的阴影能使眼部看起来有较深的眼窝，显得眼睛更深邃有神。

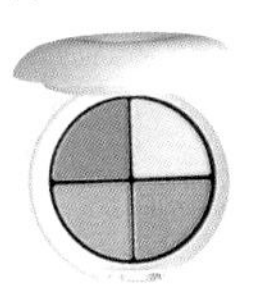

选用4种深浅度不同的珊瑚橙色腮红，根据皮肤底色的不同，还有对阴影和血色以及丰润度要求的不同分别或调配使用。用化妆刷蘸取适量的腮红，用纸巾擦去多余的粉，然后按照图示位置由内向外呈扇形均匀扫开。

shadow

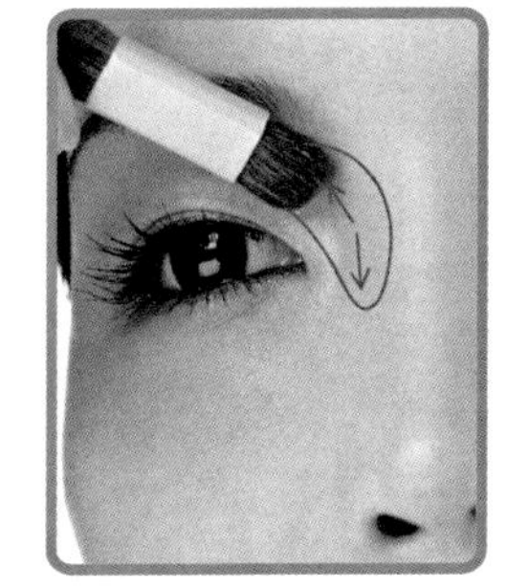

用眼影刷蘸取浅棕色的阴影粉从眉尖下方至鼻梁轻轻薄薄扫下，为了防止阴影粉太多黏结在一个位置，可以先用眼影刷蘸取少量粉刷在手背，刷匀后再在鼻翼侧扫影。

lip

为了不分散眼妆的焦点效应，唇妆选用接近唇色的棕粉色，这种颜色有收缩颜色视觉效果的作用。再涂抹上有自然丝质光泽的略带粉红色的唇彩就非常合适了。

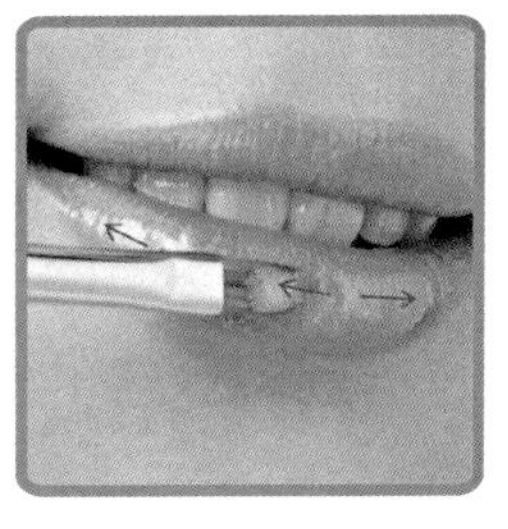

先用唇刷蘸取唇膏，从唇角向中间部位沿着唇线轻柔勾勒，再用唇膏涂抹均匀。唇彩也是同样的方法涂抹。

The Most Convenient Technique to Get Beautiful Cilia

五、最简便の打造电眼美睫技巧

ファッション達人

睫毛是清晰眼妆的重点，纤长丰盈卷翘的睫毛能够让你吸引众人的目光，成为当之无愧的主角！用睫毛夹将睫毛变卷翘，用睫毛膏让它更浓密分明，双管齐下带给你顾盼生辉的美丽双眸。

选择睫毛夹的时候，要用睫毛夹比对自己的眼睛试一下，看它的曲线是否与自己眼睛的曲线相符。要将眼角部位的睫毛也能完全卷曲，还是选用比较细一点的睫毛夹好用一点。

睫毛膏选用膏状的比较方便上妆，保持其颜色与前额刘海的颜色相吻合。涂刷的时候使用刷子状的睫毛刷比较好用。

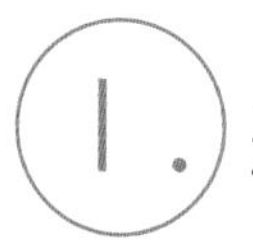

夹睫毛基本功

镜子放在低于眼睛下方的位置，先夹住睫毛的根部，要夹好夹紧，保持5秒钟。然后顺着睫毛的生长方向稍微移出一点点，再夹好保持5秒钟。以此类推，按睫毛生长方向由里到外分次卷睫毛。

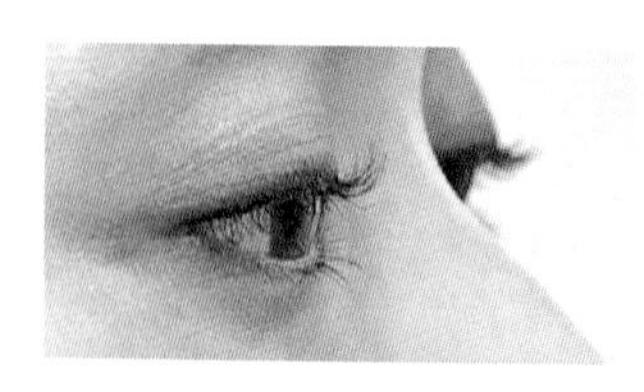

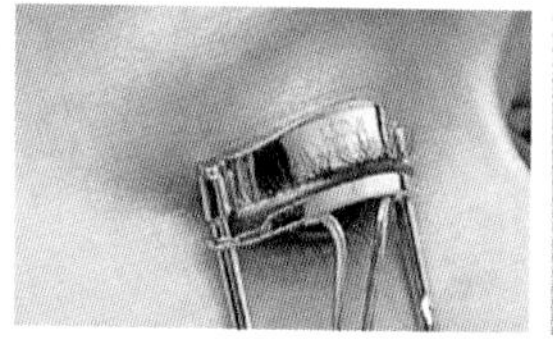

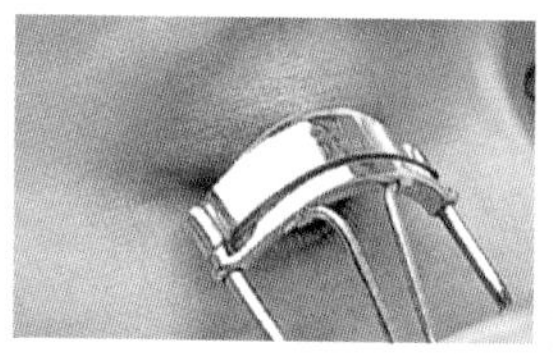

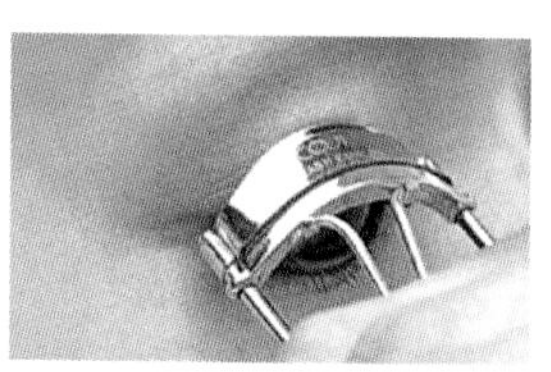

Ⅱ. 睫毛膏4步刷出美睫

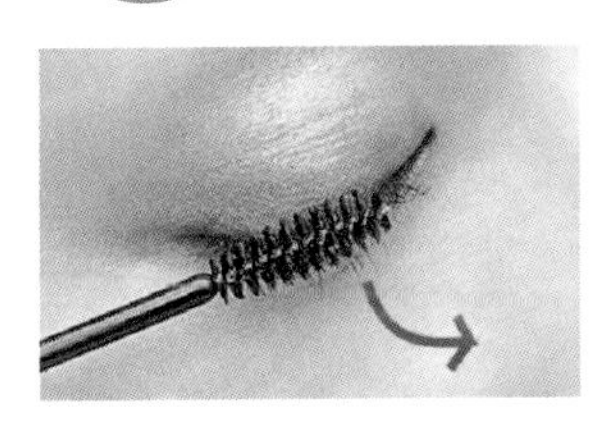

镜子摆放在低于眼睛的位置，眼睛向下看，从上眼睑的根部开始向睫毛末梢刷去。

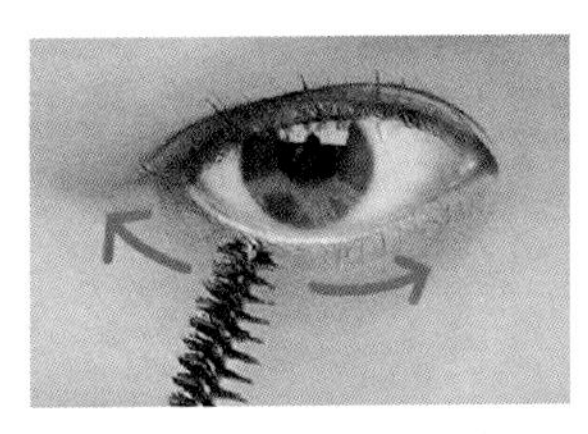

刷涂下眼睑睫毛时，把镜子放在高于眼睛的位置。要让刷子竖立起来，一边旋转一边一根一根地涂抹。如果不小心睫毛膏沾到了皮肤上，可以用干的棉花棒拭去。

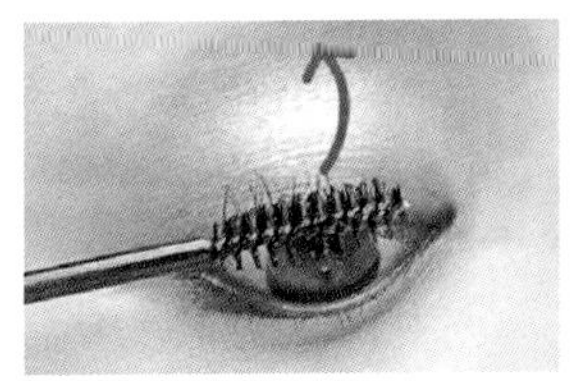

睁开眼睛，将睫毛刷一边旋转一边向末梢提升，这样不容易出现打结和不均匀现象。

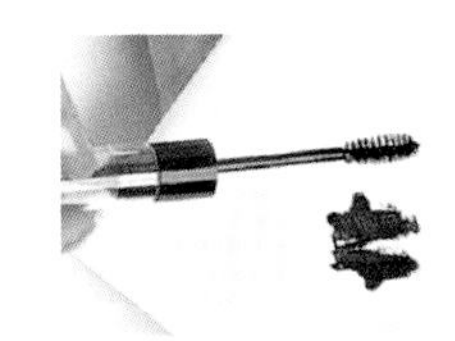

为了防止睫毛膏在睫毛上结块或者不均匀，要去除睫毛刷上遗留下的多余膏液和固体。先将睫毛刷在管口处刮掉多余膏体，剩下还有的话，用纸巾擦干净。

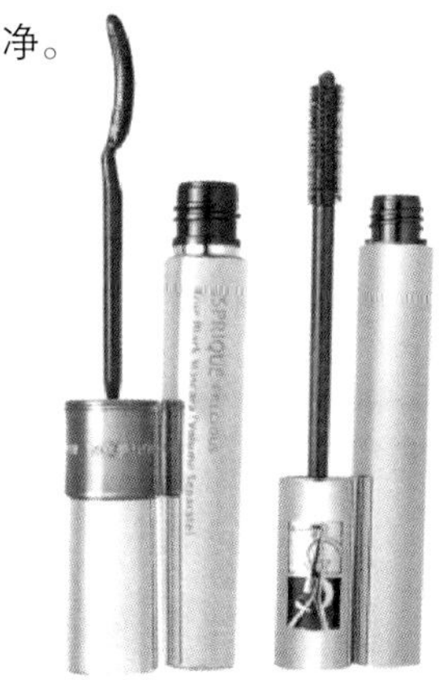

Ⅲ. 假睫毛——睫毛的隐形翅膀

很多人觉得粘贴假睫毛很需要技巧，所以总抱着敬而远之的态度。其实，只要把握好粘贴的方法，粘贴后的效果是非常自然的。尤其是那些睫毛比较短或者稀疏的人，假睫毛好像为你粘上了隐形的翅膀。

假睫毛从颜色上来讲，有自然黑色和深棕色，也有带金银丝和镶有小珠粒的装饰性睫毛；从尺寸上来讲，有从内眼角至外眼角的普通型，有只用在眼角部位的短小型，还有粘贴在睫毛之间的个别修饰型。对于初次使用者，建议使用比较好掌握的普通型，颜色方面建议使用和眉毛或瞳孔颜色相同的颜色，也可以选择接近刘海颜色的睫毛。

粘贴假睫毛前的准备

在粘假睫毛前，要先用睫毛夹将睫毛卷翘，刷涂睫毛膏，等睫毛膏干后，再粘贴效果才显得自然。

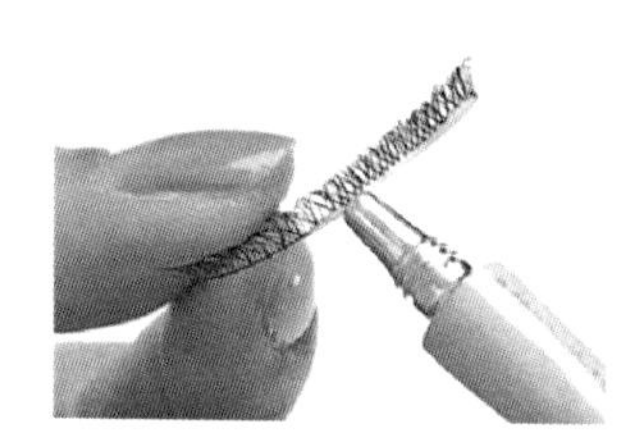

1. 根据自己眼睛的宽度，把假睫毛稍微修剪短2~3mm左右会看起来比较自然，如果觉得假眉毛过于浓密，可以用剪子稍微修整一下，打薄一点。

2. 用专用胶水沿着假睫毛的根部涂抹，注意不要涂抹到毛发的部分。最好是从头到尾一次性涂抹完毕，如果反复几次涂抹，胶水会发白变硬。假睫毛的两端比较容易松脱，所以稍微多涂抹一些。

3. 在胶水干燥变硬之前的一段时间里是黏结力最好的，所以在涂抹胶水完毕后，稍微等5秒左右，用双手将假睫毛来回弯曲再伸直，这样反复10次。这时的假睫毛变得很柔软，很容易和眼睛贴合在一起。

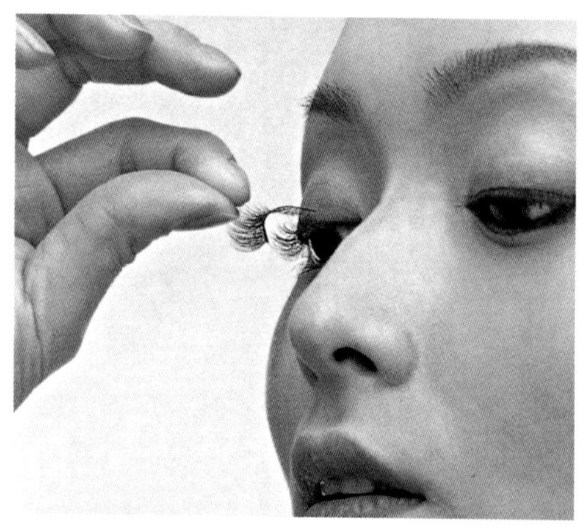

眼睛向下看粘贴假睫毛

镜子放在低于眼睛下面的位置，眼睛向下看。尽量贴近睫毛根部粘贴，先确定内眼角的粘贴位置，内侧粘贴上以后，用手轻轻按住，按照由内向外的顺序逐渐向外眼角处推移。注意：假睫毛要尽量贴近自身的睫毛，不要留有间隙，防止粘贴后显得不自然。

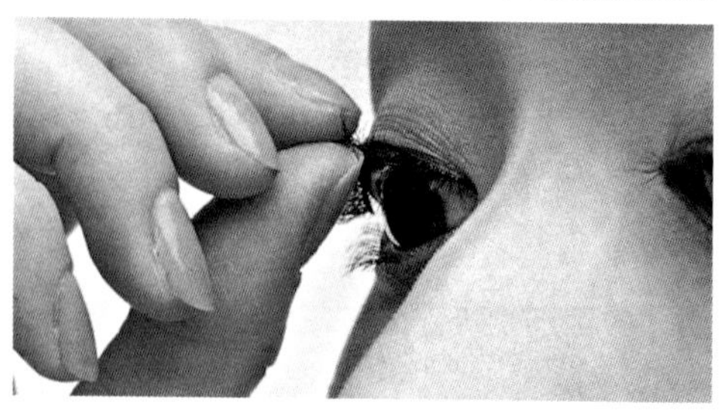

假睫毛的取法

摘取假睫毛时，从外眼角处开始，先轻轻地揭开胶水，然后顺势带起假睫毛。如果胶水粘得比较牢，不易揭取的话，可以先蘸一点水在睫毛上，等胶水稍微溶化后再摘取。取下来的假睫毛，要分清楚左右，然后分别放在各自的盒子中保管。

Experts Help You Do Lip Cosmetic

六、达人一派教你打造俏唇妆

ファッション達人

嘴唇不仅颜色鲜艳，而且是面部最活跃的部位。唇型的勾画、唇膏色彩的应用，对整个化妆起着很重要的作用。在完成了到位的底妆和眼妆后，我们来看看美容达人们怎样打造俏唇妆。

日常的化妆时，如果使用过于抢眼的颜色，会给人过于浓妆重彩的感觉。而唇膏的最终目的是为了给唇部带来自然的血色，增加妆效的健康感和自然感。所以，应该和选择腮红一样，用一只手抓紧另一只手的手指部分，等待几秒钟后，等血液聚集在手指部分后，观察其颜色，选择接近血色的颜色作为唇膏的颜色。上完唇膏后，如果希望唇部增加光泽的话，要使用到唇彩或唇油。另外，唇线不清晰的人，建议需要用唇线笔勾勒出清晰的唇部线条轮廓。

1. 唇膏基础涂抹技巧

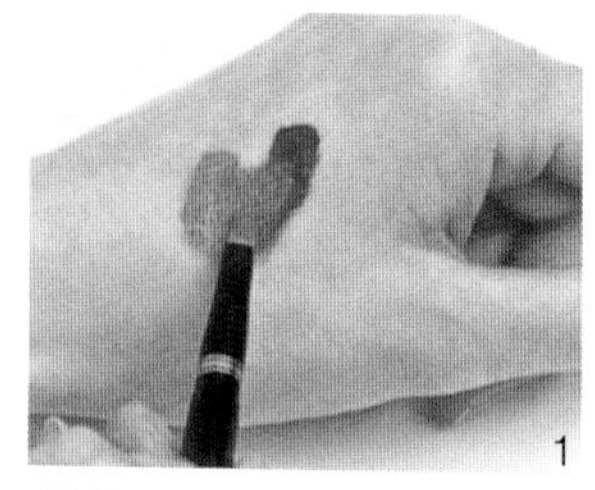

1. 用唇刷蘸取少量唇膏，涂抹在手背上，唇刷两面反复贴合手背，使刷子的毛发纹理顺畅。然后用唇刷蘸取唇膏从唇角开始沿着唇线向中间刷抹。上下唇都要使用由唇角向中间刷抹的方法。唇刷横向贴着唇部刷抹，外侧稍微用力，这样唇线会画得更漂亮。

2. 上下唇角部位的线条处理好以后，再用唇笔勾勒出上下唇山的形状。勾唇山时要特别仔细，线条要贴合唇形，唇刷外侧稍微用力会比较好画。也可以预先在唇山位置先分段画出几个部位，然后把唇角画出的线条连起来。

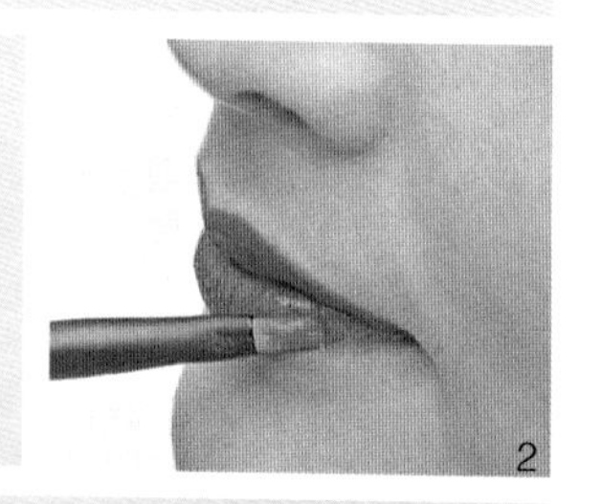

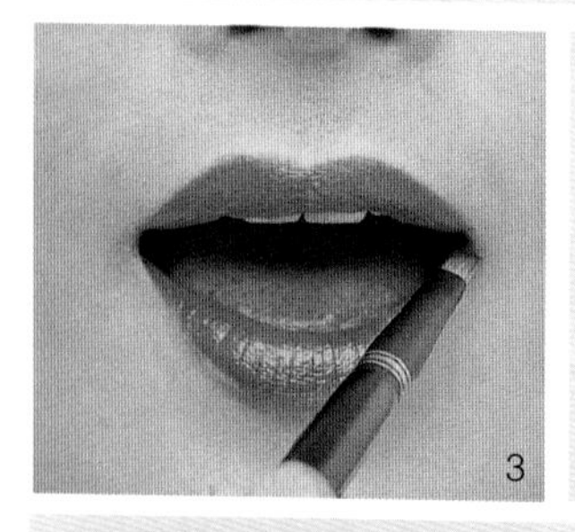

3. 稍微张开嘴，唇刷略伸进唇角，将上下唇角之间最靠里面的交叉位置圆顺地连接起来。特别是颜色鲜艳的唇膏，要格外注意将嘴角部位用刷子将上下部分连接起来，否则很容易引起别人的注意，形成掉妆印象。

4. 唇膏颜色如果过浓，可在上下唇中放入洁净的纸巾，合并后稍微抿一下，将唇部多余的唇膏擦在纸巾上。方形纸巾可以折叠成三角形，这样可以避免纸巾过大，会搽掉唇角的唇膏。纸巾也不能放得太深，这样会搽掉唇部内侧的唇膏。适当控制唇膏的油分，可以使唇膏的持久性更好。

不同唇形的理想勾画技巧

关于唇部化妆，很多人都是随随便便地在唇部涂抹上唇膏就认为画了唇了。其实不然，要结合个人的唇形，调整颜色、形状和质感的和谐，才能表现你的魅力。下面我们就来看看如何完成各自具有个性的唇妆。

1．太过厚的唇

避免使用过浓或抢眼的唇膏颜色，应选择接近唇色的自然色。用比自己肤色稍微亮一点的粉底或高光色涂抹在唇部的周围，以遮盖住唇部原来的轮廓。然后用唇刷在唇轮廓线内侧1~2mm的地方描出唇线。注意：上唇角的地方不能画得太薄，可以接近原本的唇轮廓线。

2．太过薄的唇

过浓或抢眼的颜色会起到强调的作用，薄唇可以使用，也可以选择有透明感和光泽感的浅色唇膏。然后用唇刷在唇轮廓线外侧1~2mm的地方描出唇线。注意：上唇角的地方可以稍微画厚一点，但是下唇线不可以画得过厚。

3．嘴角下撇的唇

这样的唇形给人对事物愤懑不满、内心不平衡的印象。对策是将唇线改为微笑时的唇线，将嘴角的唇轮廓线上调至原来嘴角线条的上面5mm左右。描唇线的时候尽量要使唇部感觉自然丰满。注意：上唇线的唇山部位不能画得太高。

4．局部突起的唇

要选择有质感的唇膏，分别使用浓淡两种颜色。用淡色唇膏描出唇线，线条要稍微直线化，不能太圆滑，下唇画成船形，然后在上下唇部的中央位置涂抹上浓色的唇膏。这样给人的感觉是中间部位有比较突出的质感，平衡局部的突出感。

5．唇廓不清晰的唇

唇部轮廓不清晰，要用笔芯比较硬的唇线笔了。唇部做出发“一”音的唇形，保持这个唇形画出唇线会比较容易。上唇的唇山位置要重点描画，整个唇部的轮廓感就很清晰了。

03

以"百变の气质"美妆，释放最顶级魅力！

‖百変オーラ‖

Release Your Charm by Different Kinds of Cosmetics

可以清纯，可以性感，
可以如豪门贵妇般优雅，
也可以同邻家女孩般可爱，
你要一个什么样的妆容秀，
只要选对自身气质掌握化妆绝技，
你就会是最百变天后，释放你最顶级的魅力！

优雅贵妇

Graceful Lady

百変オーラ

由细致的浓淡层次色调和闪烁的光亮色彩构成的眼妆，展现高贵又具亲和力的温暖妆容。眼影以柔和的中性棕色烟熏，塑造出双眸朦胧深邃的效果，更具奢华感，眼皮上的珠光色闪烁光泽如钻石般有着华贵色彩。红润的唇部用含有金色珠光的唇膏粉饰，风格是以往水润唇色的一大突破。整个妆面优雅而高贵，凸显你的豪门贵妇气质。♥

eye

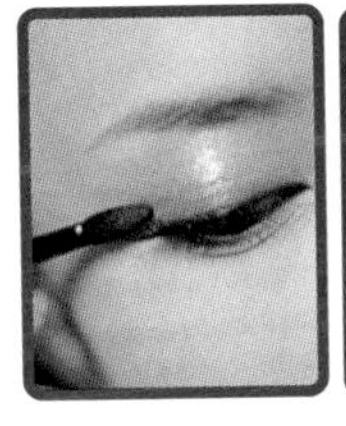

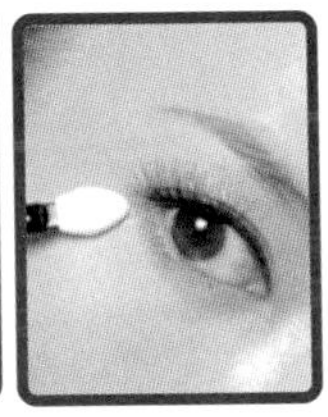

先在上眼睑大范围涂抹上A号眼影，重复涂抹B号眼影，然后在整个眼睑四周抹上C号眼影。用黑色眼线笔沿着睫毛根部画出粗粗的醒目眼线。最后，在上眼睑从眼窝到眼角涂抹颜色比较浓的D号棕色眼影，在下眼睑靠内侧的2/3部分涂抹C号眼影，靠近眼角的1/3的部分用D号棕色眼影。

cheek

选用最衬肤色的棕红色腮红，从眼睛的正下方开始向上直至颧骨后侧接近鬓角的位置，用粉扑轻轻扑匀，使脸色增添珠宝般的光泽，无形中脸庞显现出高贵的气质。

lip

1. 涂唇膏前先用润唇膏均匀涂抹整个唇部，可以遮盖住唇部的暗哑和色差，使唇部水润亮泽。

2. 用唇刷顶端贴在唇部中央部位，由内向外推抹。涂抹时要注意沿着唇部轮廓移动，然后用唇刷修补唇角和唇缘轮廓，使唇部更有丰盈立体感。

娇媚仙子

Charming Fairy

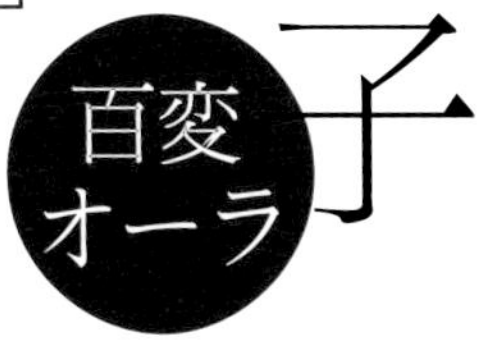

淡雅的妆容带有春天般缤纷的娇媚，低调的粉质金啡色搭配晶亮桃红，展现女性的如花娇颜，让人如置身春天的花丛。妆容呈现出更柔美、更雅致、更惊喜的年轻气息，无与伦比的白色眼线框出眼妆架构，雾状底妆衬以晶透如宝石的唇彩光芒，交织出在艳阳下闪烁的亮丽妆效。♥

eyebrow

眉形强调自然，不主张精心描画，有清晰的线条，且线条偏粗，这样的眉形感觉更清新。使用与发色相近的咖啡色眉笔描画眉毛线条，然后用眉刷轻轻梳理，让眉毛显得自然。

eye

1. 双眼的明媚，来自眼睛的仔细描画，增强眼眸凹陷感的金啡色眼影均匀晕染整个眼窝和内眼角，然后取适量浅棕色眼影涂抹于上眼睑双眼皮处，仔细晕染。
2. 画出清晰的上眼线，眼角和下眼线则用白色眼线笔勾勒。眉骨处用白色高光来加以提亮，最后刷涂纤长浓密的睫毛膏，上翘的睫毛给人春日阳光闪动的感觉。

cheek

自然红润的双颊更能表现女性的娇媚气质。让淡淡的玫瑰色轻晕于双颊，营造立体轮廓的同时，更能表现脸颊的光泽感。

lip

首先，用同一色系的唇笔勾勒唇形，这样免去了唇色四溢的麻烦。然后涂上玫瑰红色唇膏，为了让粉色更有珠光效果，用水润的粉红色唇彩再涂一层，可以在唇峰和下唇的中央多涂一些，更有饱满的立体感，釉状质感营造玻璃唇，UP你的性感度。

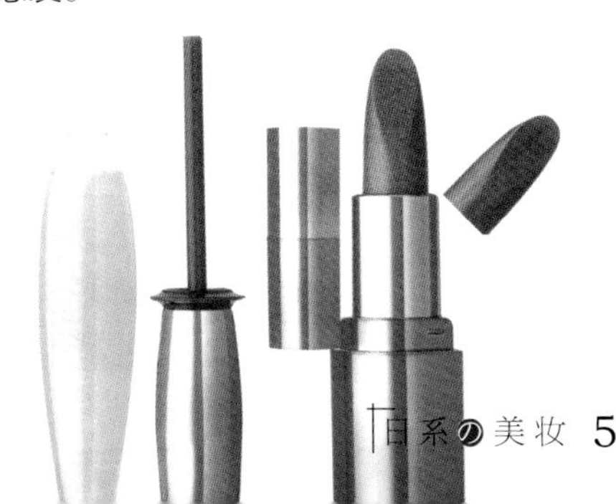

圣洁女神

Holy Goddess

百変オーラ

打造如同女神般圣洁的妆容，只需在色彩和描画上多一点智慧，你美丽的脸就能在一片素然中脱颖而出。柔和的小麦色裸妆、晶莹水嫩的双唇、甜蜜的暖金色眼妆以及自然粉嫩而又不做作的腮红……都兼具着成熟女性的性感与少女的青春气息，表现出清新柔和的妆容。这种很juicy的金色裸妆保留小麦色呼应阳光的健康光泽感，完美仿若天成！♥

金色裸妆关键词：

1. 清透质感

一张看起来清洁透明、有光泽的脸是裸妆的要点，做到这一点并不难：首先用遮瑕膏点在瑕斑部位，用指肚轻轻点匀，接着使用最接近肤色的粉底调整肤色，最后用古铜色的蜜粉收妆。如果需要可以用亮粉强调皮肤光感。

2. 淡彩轻描

彩妆颜色要自然清淡，并略带光泽。使用质地轻柔半透明的眼影和腮红轻轻描绘你的明眸和俏脸，可以不画眼线或蘸取眼影画眼线。偏向金色的鹅黄色将是2008年春妆最时髦的“时妆”，而樱桃色的唇色则让妆容更有清纯的感觉。

3. 画龙点睛

裸妆的另一要点是突出重点，你可以选择突出善睐明眸或娇嫩红唇，那就用睫毛膏或透亮唇彩重点描绘吧！

TIPS 优雅裸妆

1. 裸妆的最高境界，看似不着痕迹，整个人却神采奕奕。选择优质的粉底是化妆的关键。
2. 腮红要轻薄自然地与肤色相融，像是天然透出的红晕，而金色的裸妆就该选择橘色系。
3. 眉形自然且稍短，可以用藏青色、灰色、棕色等描绘，效果更显清新自然。
4. 强调眼妆时，可将唇彩点于双唇中央，再用指肚晕开，仿佛双唇自然涌出的红色；而强调唇妆时，则可用唇刷蘸取唇彩重点涂抹。

复古公主 Castle Princess

百変オーラ

粉色渲染的甜美，大家早已不再陌生。今年的流行颜色是进化后的粉红色，更加有透明感，更加贴服肌肤。粉色腮红营造少女般的自然红晕凸显可爱，粉色口红增加了唇部质感，使唇部感觉更丰满莹润，增加了无邪的天真可爱气质。♥

HOW TO

eye

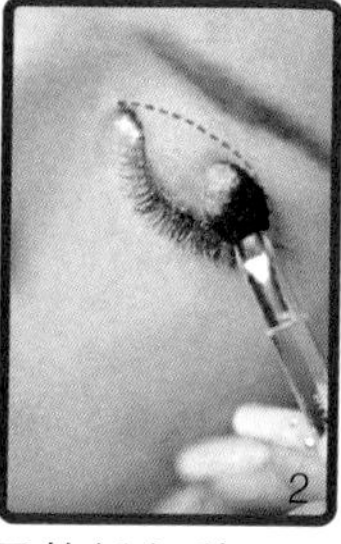

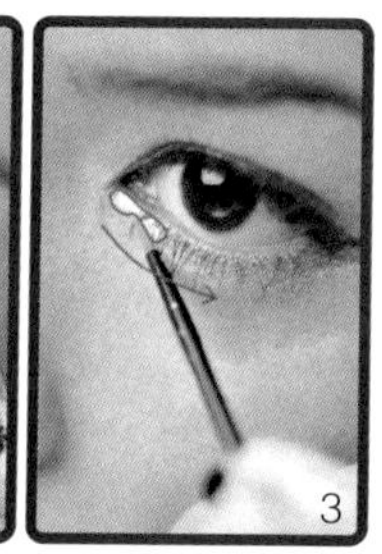

绝对引人注目的新色彩，无法逃避的色彩诱惑。独特的极细珍珠颗粒眼影，打造令人眩目的视觉效应。

1. 用白色眼影涂抹整个上眼睑，使用宽平刷从内眼角至外眼角平刷即可。
2. 在1的基础上，用淡紫色涂抹上眼睑。为了防止粉末飞溅，用海绵棒沾取涂抹在整个上眼睑和眼眶部位。
3. 为了增加闪光，选用白色液体眼影轻轻刷在下眼睑靠近内眼角位置，白色眼影可以起烘托作用，使眼睛眼白显得更加白，而且其闪亮的光泽给人水灵闪亮的感觉。

cheek

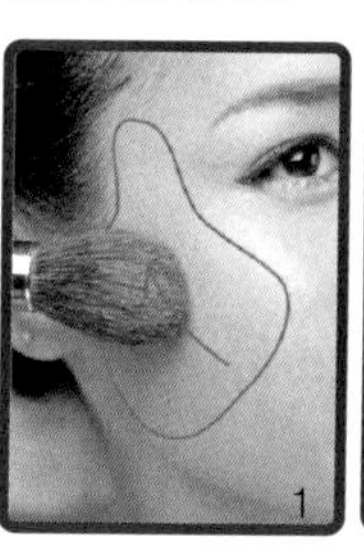

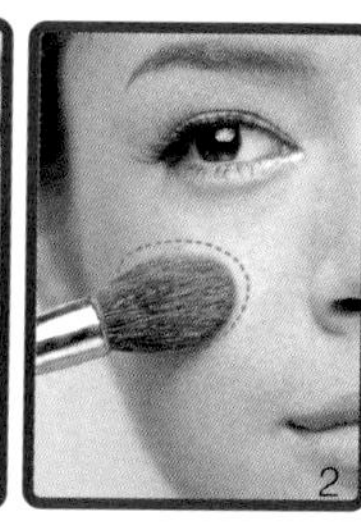

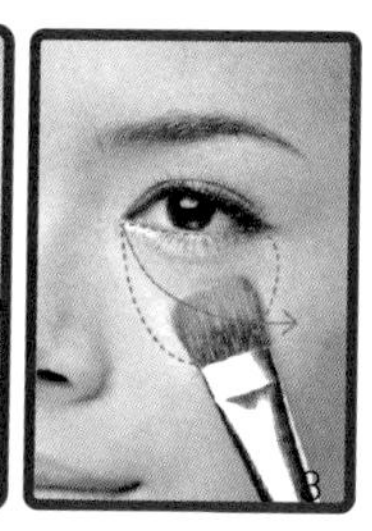

单纯在脸颊位置涂抹粉红色腮红，虽能带出红晕，却有点类似小孩子红晕之嫌，所以事前在脸部轮廓先铺垫上阴影，才能完美解决问题。

1. 从太阳穴以下向前脸颊呈C字状用刷子蘸取接近脸部肤色的腮红扫匀，预先打脸部轮廓阴影重点要注意扫的时候要轻。
2. 用刷子蘸取鲜亮的粉红色腮红在脸部轮廓阴影的延长线轻轻打圈涂抹。
3. 用刷子蘸取白色眼影提亮，在眼睛正下方轻轻涂抹，可以去除这个部位的皮肤暗淡问题。

lip

丰盈唇妆的要点是尽量让色彩有膨胀感，珠光唇膏是最好选择。另外，如果颜色太红，会显得比较成熟，相对浅色珠光颜色就更显得可爱，更让人有亲切感。

1.用手指肚蘸取与肌肤颜色一致的唇部修颜膏点涂在唇部，用以遮盖住本来嘴唇的颜色。

2.唇峰位置提亮。用刷子蘸取用于提亮的粉底，轻轻涂抹在唇峰位置。

3.刷子蘸取淡粉红色唇彩，沿着嘴唇轮廓涂抹，在唇部中间多涂抹一些后，将中间的唇彩由内向外刷均匀。这样涂抹出来的效果很漂亮。

阳光女郎 Sunning Lady

百変オーラ

清爽自然的裸妆肌肤、银灰色的眼妆、水润光泽的红唇最适合点亮对阳光的渴望。没有太多颜色的渲染，只需在色彩和描画上多一点智慧，转身之间就能让众人的眼睛邂逅 “阳光之美”。同时眼部不太强烈的冲击，让人更有亲切之感。♥

HOW TO

eye

1. 在上下眼睑用浅浅的银棕色眼影打底，珠光的质感提亮眼部。在双眼皮的褶皱处涂上浅灰色的眼影，并慢慢晕染。
2. 下眼睑也涂上浅灰色眼影，在眼头部位用珍珠白色让眼眸更加明亮有神。
3. 沿着睫毛根部描画黑色眼线，下眼睑描画眼尾到眼头的1/3。选择纤长型睫毛膏，让整个眼眸在灰色的珍珠光泽下更加动人。

cheek

为了营造出较为中性的感觉，腮红要力求自然、若有若无的裸妆效果。因此选择大地色系的腮红，以斜刷方式，由两颊刷向太阳穴。

lip

妆容强调唇部的自然丰盈，用有珠光或水晶效果的唇彩可以很好地体现唇部的饱满。选用玫瑰红色唇膏在唇上涂抹，然后用粉红色珠光唇彩再涂抹一层，体现双唇的自然亮泽。

异国少女

Foreign Country Girl

百変オーラ

追求时尚、彰显个性的你，不满足太过简单的甜美妆容，又不想化太过成熟的妆容，有没有一种介于两者之间，富有特色的妆容呢？这款维多利亚风格的妆容具有很强的个性和特色，注重在细节处着色。眼睛的独特描画，拥有明星的非凡品位，让你成为优雅的维多利亚女孩！♥

HOW TO

eyebrow

修剪的眉形很有特色，用淡棕色眉粉描画，均匀上色，营造从眉头到眉尾渐淡眉色。

eye

1. 用带珠光的浅棕色眼影在上眼睑涂抹扁桃形，在眼皮褶皱处多涂抹一些，突出眼睛的光彩。下眼睑也按照眼睛轮廓涂抹弧形的眼影。
2. 用深棕色涂抹在上下眼睑眼尾距眼头的1/2处，并向外晕染，再配以同色的眼线在同一部位强调轮廓，在眼尾涂抹出圆弧形状。
3. 用睫毛膏刷出纤长的睫毛，只在眼尾距眼头的1/2处粘上假睫毛，翘起的眼尾让你的眼睛别具风情！

cheek

妆容强调眼睛的细节，脸部的腮红就要以淡雅色调烘托眼妆。在颧骨位置涂抹淡淡的腮红，配合白皙的底妆，更显自然。

lip

用粉色水漾唇彩涂抹双唇，突出下唇的莹亮立体，上唇突出轮廓即可。稍带珠光的唇彩让双唇也成为众人注目的焦点！

浪漫淑女

Romantic Gentlewoman

百変オーラ

中卷发，鲜花，眉目如画，清淡的妆容打造出浪漫的淑女形象。浅驼色和黄色眼影让眼妆低调不夸张，配合棕黄色的头发，使妆容协调一致。橙色的唇彩有水润的质感，突出少女的浪漫气质。♥

eye

先用浅驼色珠光眼影粉在眼睑四周涂抹并均匀推散开，直至眉骨处。在眼眶周围涂黄色眼影突出轮廓，在上眼睑褶皱处涂棕色眼影，下眼睑靠近眼角2/3处开始画粉色线型眼影。用黑色睫毛膏刷涂上下睫毛，用金色眼影再修饰眼头部分，使其看起来光彩有神。

cheek

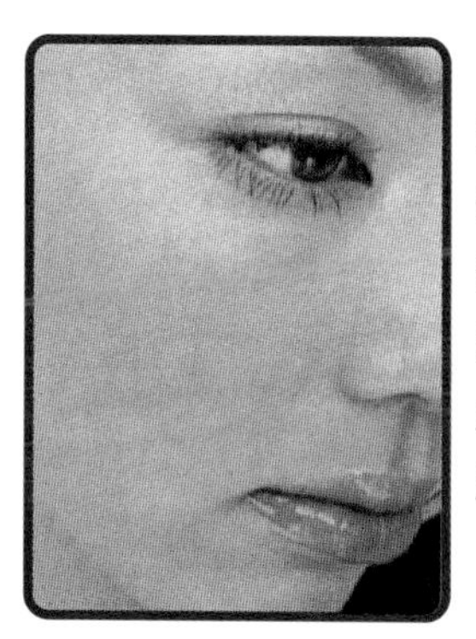

自然收尾处理，提升整体效果。根据模特健康纯真自然的形象，选择橙色的腮红，用腮红刷横向轻轻打转，形成横向椭圆橙色红晕，显得非常可爱。

lip

在完成了眼部闪亮妆的处理后，唇部的处理只需要达到自然的效果即可。用橙色的口红或唇彩随意涂抹上，使唇色显得更加健康自然。

可爱女生

Lovely Schoolgirl

百变オーラ

想要打造可爱率性的形象，甜蜜的巧克力妆是永不过时的时尚。巧克力色眼妆被称为“永恒的眼妆基调”，是因为它能搭配任何肤色的皮肤而显现不同的味道。皮肤白皙的精灵女孩，化一个这样的眼妆，立刻会让你可爱得与众不同，而又有成熟的味道。♥

HOW TO

eye 整个框起来，叠三圈才有深邃感

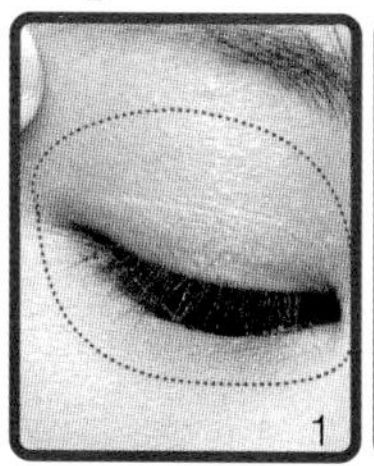

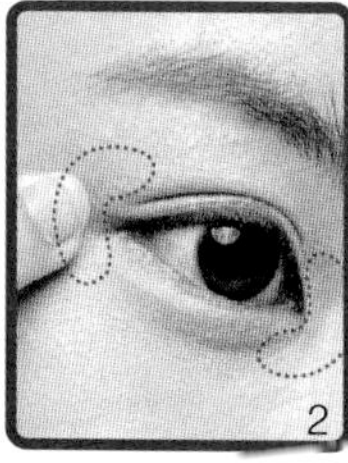

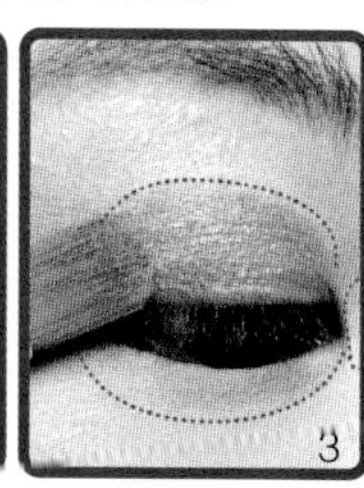

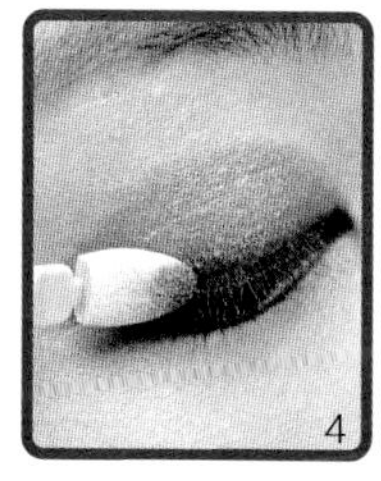

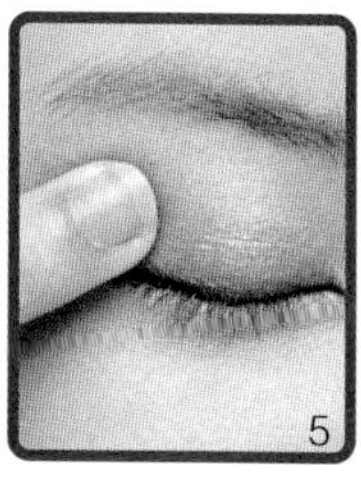

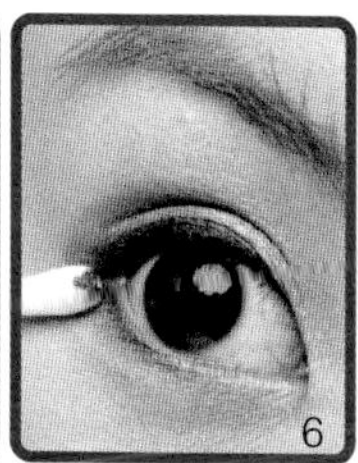

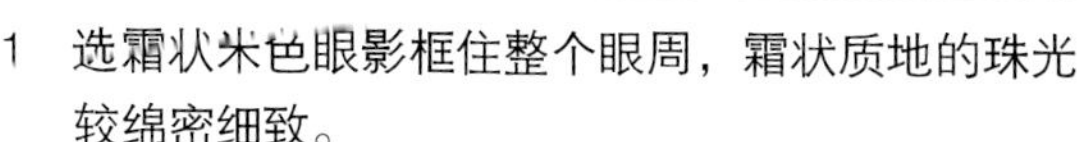

1 选霜状米色眼影框住整个眼周，霜状质地的珠光较绵密细致。

2. 用指腹再蘸眼影霜，画在眼头前小C区，及上下眼尾外C区。

3. 把主色涂满眼窝及卧蚕，再用圆刷蘸少许，补满眼头和眼尾。

4. 黑色亮片眼影画在睫毛根部至眼褶1/2处，眨眼时才会出现亮光。

5. 用指腹轻轻晕开眼影的外线，让界线消失在渐层的颜色中。

6. 用棉花棒蘸黑色眼影，画在下睫毛根部，就不会有明显线条。

cheek 长型腮红才有成熟味

用腮红刷蘸上咖啡色和橘棕色，在笑肌外侧往太阳穴斜刷，余粉轻刷腮帮顺便修容，这样让肤色看起来明亮。

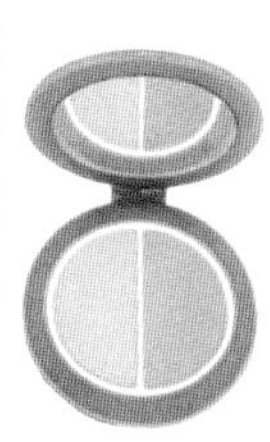

lip 要涂上像唇膏的扎实唇蜜

要涂上粉雾质感唇蜜，唇蜜质地浓稠至看不到颜色，厚厚上两层就完全看不到唇纹。

睿智美眉

Smart Lady

百变オーラ

金色也能塑造清新睿智的形象？不要惊讶哦！不太耀眼不太深的金色，能打造富光泽感的完美妆容。以暖金色眼影主打，配上明显眼线，塑造明亮的美眸。粉金色腮红的双重修饰和润泽双唇，让你的美清透且充满神采。♥

HOW TO

eye

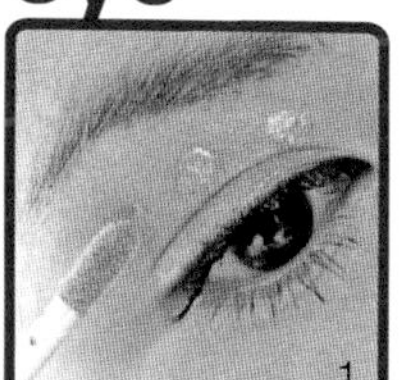

1. 用海绵棒蘸取金色霜状眼影，三等分均匀地横向点在上眼睑上，用手指均匀推开，注意不要有色差，给眼睛抹上金色明亮光泽。

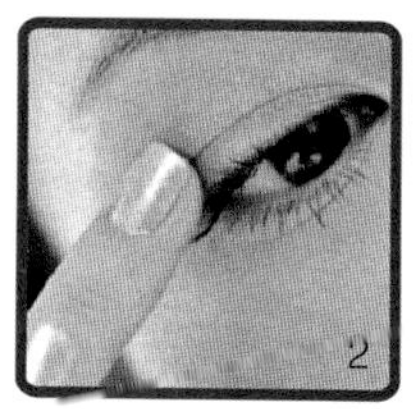

2. 选用明黄色眼影粉，在上眼睑褶皱处反复涂抹，使眼睛看起来更清爽。

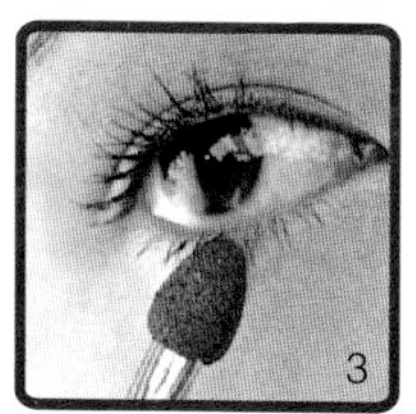

3. 下眼睑采用高亮色的金黄色眼影，用海绵棒蘸取沿下眼睑涂抹，最后刷出卷翘的上下睫毛就可。

cheek

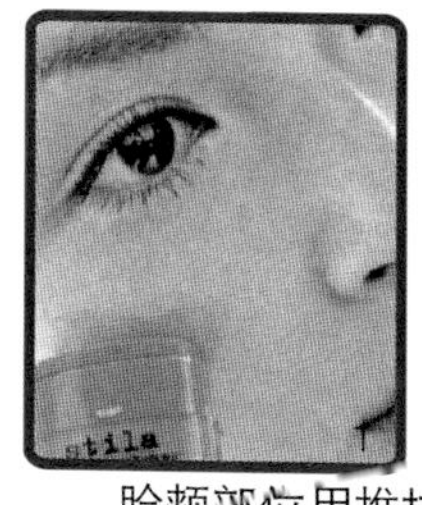

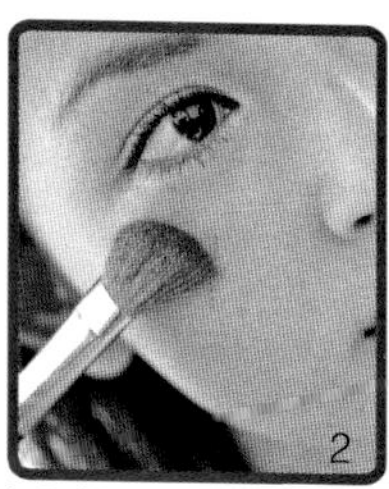

脸颊部位用推抹和粉扑两种方法上粉金色的腮红。女星们上妆经常使用浅金珠光色，来增加其面部的光泽，如果在此基础上再轻轻扑上粉红色调，则能使脸色像婴儿般幼嫩有质感。

1. 先用粉色打基色，使脸上看起来有血色。用粉红色霜状粉底，轻轻在脸颊上按个圆印，用手向四周推散。
2. 用化妆刷蘸取粉金色的腮红在刚才打基色的位置与颧骨最高的位置之间旋转打圈，呈椭圆形，使双颊看起来自然又有光泽。

lip

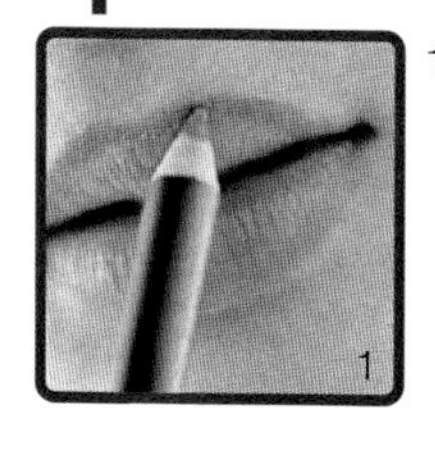

1. 用与唇膏颜色接近的粉金色唇线笔沿着上唇的轮廓线勾勒出线条，注意唇峰位置要画成圆弧形，这是成熟有魅力的唇形。

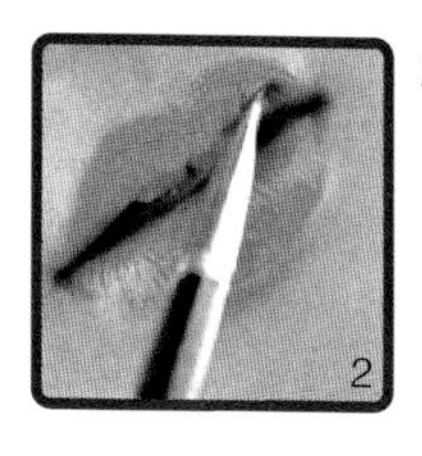

2. 完美的唇妆并不仅仅只是有光泽，所以在涂完唇膏后，用唇刷蘸取唇膏重新再勾描一遍轮廓，使唇部整体感觉顺滑，这才是完美之作。

知性美人

Intelligent Beauty

百变オーラ

知性美女的妆容重点在于集中所有的光彩，令你气质倍增。盈亮底妆让整个面部熠熠闪光，能增强性感指数的珠光金色系眼妆配上粗黑的眼线，营造慑人的魅力眼神，米黄色唇膏和自然光泽唇彩提升唇部存在感，让你的双唇更性感。♥

base

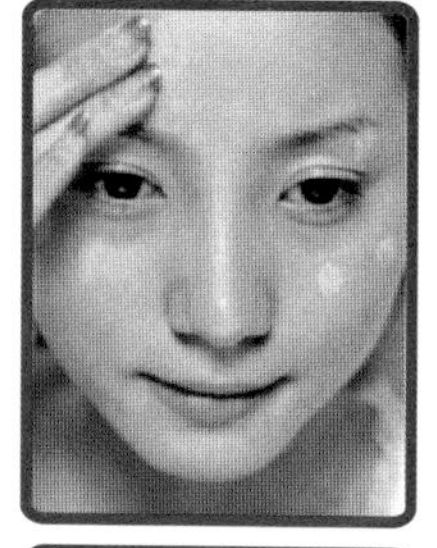

1. 要想得到光泽的皮肤，粉底要有闪光提色效果，以T字部位和眼睛周围为中心均匀打底，防止整脸都涂抹而过量。

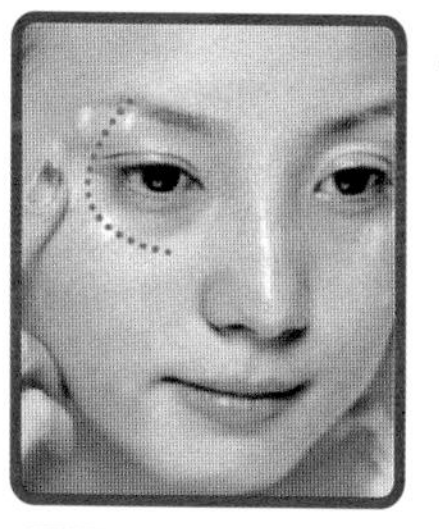

2. 涂抹粉底后，在围绕眼角周围的C区域做高光处理。手指肚蘸些粉涂抹在C区域，使色彩更为光亮，带出透明感和光亮感。

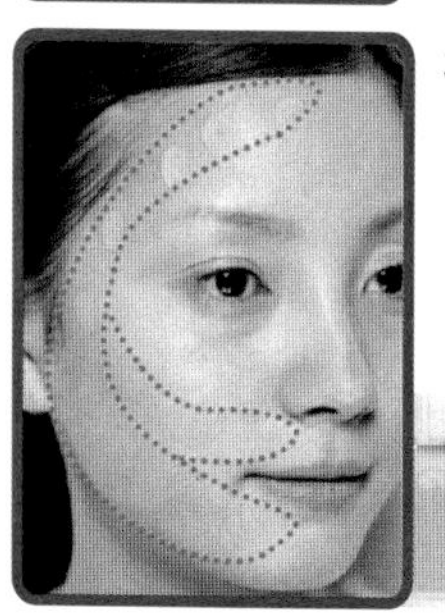

3. 根据打底后脸部的肤色，选择较暗的液体粉底在脸部轮廓位置，从颧骨眉骨沿脸廓线一直到下颌，用手指蘸粉底液点在这个区域，再用指肚向内侧均匀推开，用明暗阴影造成脸部变小效果。

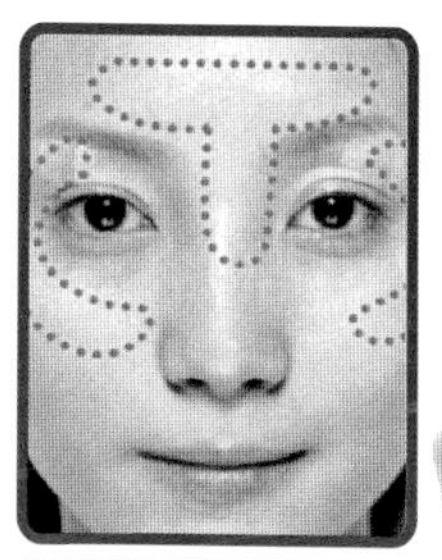

4. 用有莹彩光泽的粉底在T字部位和眼睛周围涂抹增加亮色，粉底注意选择浓淡差异，这样就能显现脸部光彩的层次感。

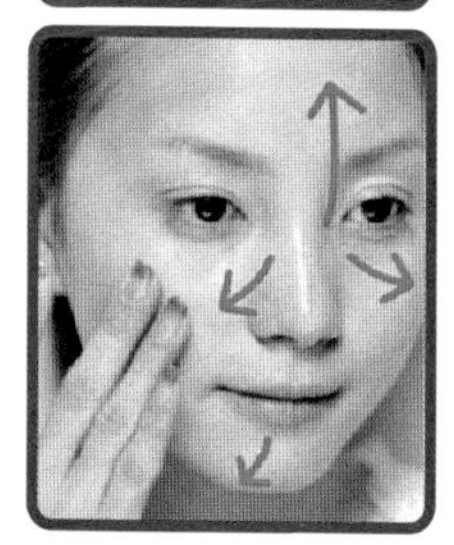

5. 用手指肚从内向外均匀推匀，然后再用海绵轻轻拍实，吸走多余的油分，固定妆效，防止掉妆。

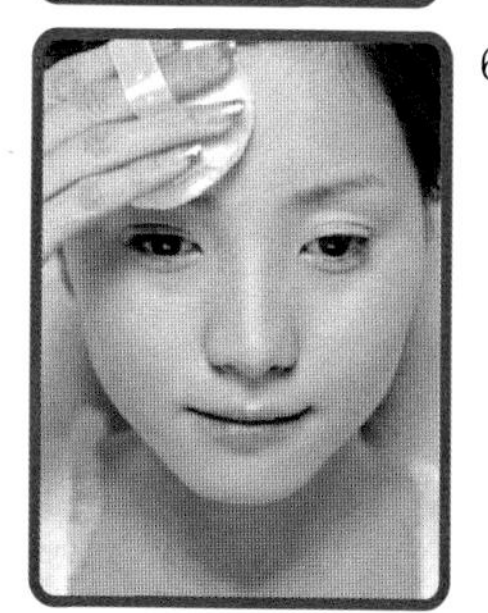

6. 最后选用有珠光的粉饼提高光泽，用粉扑蘸少许轻扑面部。

eyebrow

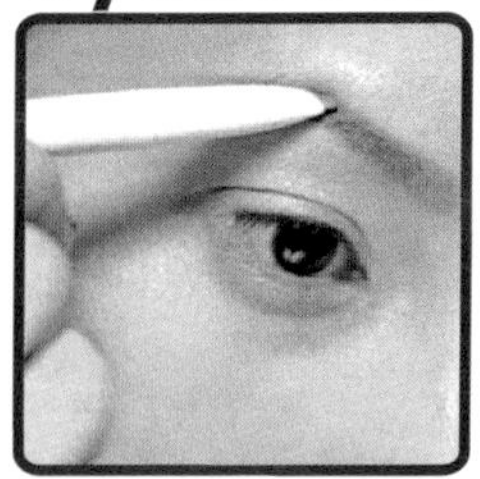

选用硬制笔芯的眉笔，颜色选用黑棕色。在眉峰位置尽量画出棱角感，起到提升脸部效果，眉峰到眉尾要画长一些。

cheek

用海绵蘸适量腮红在颧骨的稍下方按椭圆形打圈，颜色选用最贴合皮肤颜色的橙红色，像是因运动造成的红晕，给你自然健康感。

eye

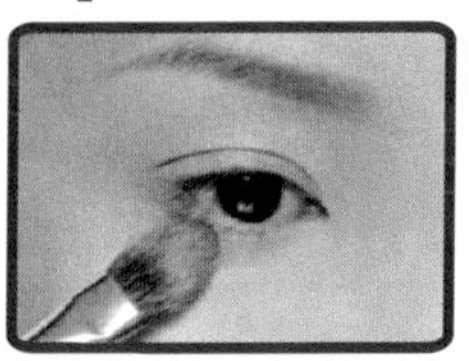

1. 选择比较明亮的金色眼影，用眼影刷均匀在眼眶四周和下眼睑部分涂抹。

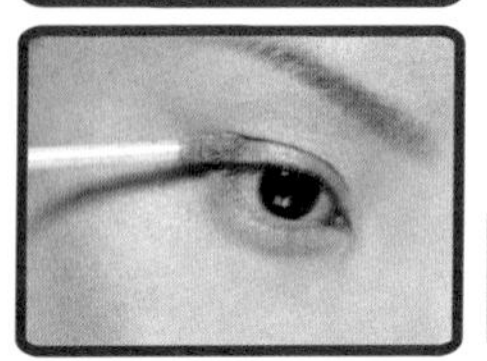

2. 用含有珠光色泽的棕色眼影涂抹在双眼皮褶皱处，令眼睛看起来光润有神。

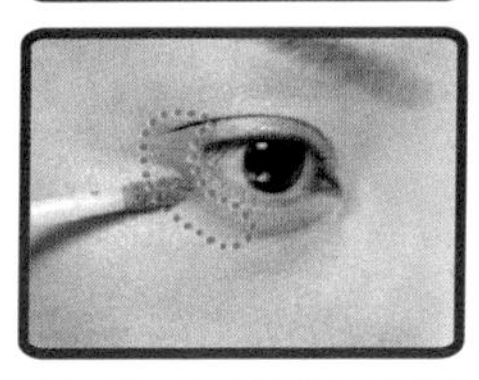

3. 从上眼角开始一直连接下眼角的1/3区域，需要重点突出，反复涂抹棕色眼影。

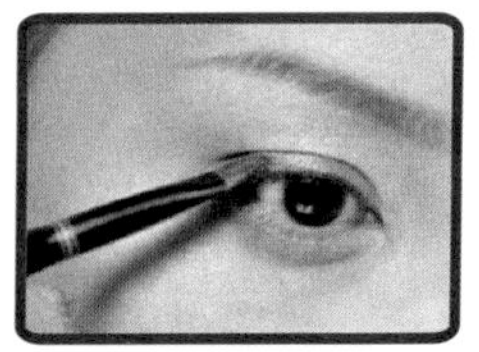

4. 选用深一号的深棕色眼影，在上眼角尾部连接下眼角的眼角区域涂抹，形成眼角的阴影，使眼睛有深浅立体效果。

5. 用眼线刷蘸取如黑色睫毛膏般的颜色，沿着靠近睫毛的位置画上眼线，使眼部轮廓更分明。

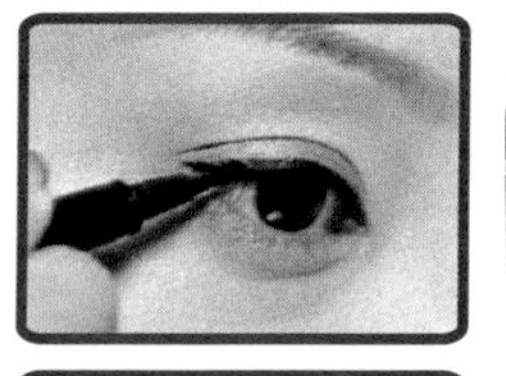

6. 再用液体眼线笔沿着刚才画好的眼线重新画一遍，尽量贴近眼睫毛画。靠近眼角1/3位置将眼线稍微提起。

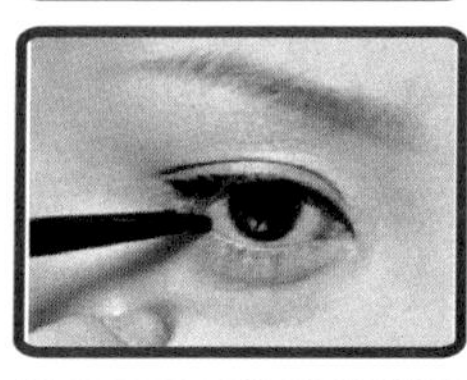

7. 用眼线刷画下眼线，线条尽量在睫毛靠上的位置，这样令美目更加引人注目。

8. 先用纤长型睫毛膏刷出纤长的睫毛，再用浓密睫毛膏在上下睫毛上再次刷涂。重点在上睫毛尾部，可以重复刷两次，使睫毛拉得比较长，呈扇形的完美形状。

lip

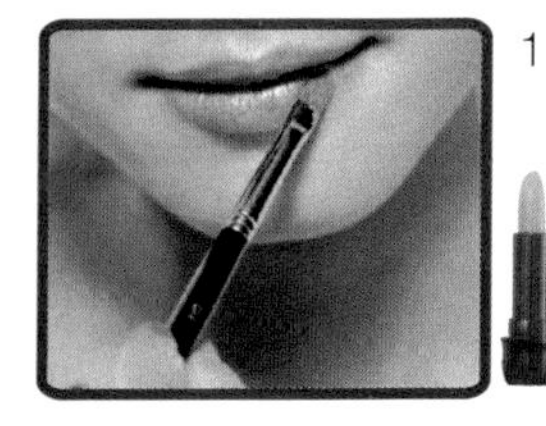

1. 用唇线笔蘸取唇膏沿着双唇的轮廓勾描，稍微画大一点，然后用无光泽驼色唇膏均匀给整个唇部着色，显得很性感。

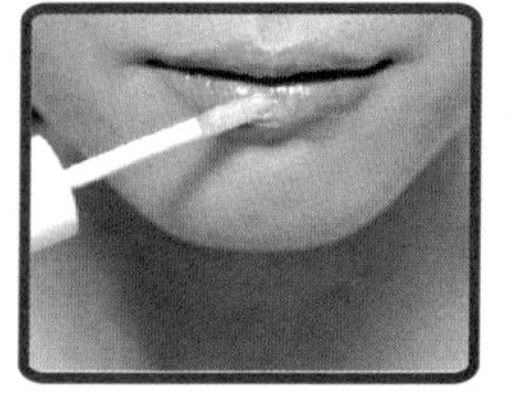

2. 用具光泽感的米白色唇彩重复涂抹，使双唇莹润具女人味。

冷艳MODEL

Cold & Charming Model

广告造型里的冷艳MODEL，混搭两种色彩带出时尚星味。上眼睑用柔美的浅粉色晕染，下眼睑用绚丽金棕色点缀出眼部神采，减淡甜腻感觉，塑造眼部轮廓，粗而明显的黑眼线和睫毛让眼睛更有神。

腮红用金棕色和粉红色混合，呼应眼妆，又突出健康肤质，从颧骨斜刷的腮红增添成熟韵味。唇妆要弱化色彩，先以粉色唇膏涂抹，再以金棕色唇彩轻涂一层，呼应魅惑的眼妆。

04 各个场合一一击破，时尚主角我最炫！

=ファッション主役=

To Be the Leading Actor on Every Occasion

在时尚都会里生活的摩登女子，
身上衣衫要随地点场合每天更换，妆容怎么能被忽视？
上班时，订做赫本的知性眼神；
派对时，画出最顶级『招蜂引蝶』的魅力彩妆；
约会时，给自己甜蜜的小女人气质；
度假时，画出带异域风情的不一般的美妆。
不论任何场合，真正的美眉一定可以『妆』得天下无敌！

充满魔幻气息の

艳丽圣诞

Christmas Color Cosmetics

节日彩妆秀

一年一度的派对季，炫亮的妆容成为你能否跻身Party Queen的关键性因素。来选择一款运用强烈对比色彩演绎的圣诞彩妆，力求营造如色彩碰撞所发出的闪光效果。充满魔幻效果的妆容里表现出柔亮的紫红色、瞬间绽放的闪亮和金属蓝色碰撞而成的奇幻感，充满了奢华和欢庆的节日气氛，让彩妆变成一场美丽秀。♥

base 完美无瑕底妆

丰盈饱满却不厚重的裸妆是主导整体妆容的关键。运用改善皱纹和修补毛孔、雀斑的粉底，创造极富弹性与紧致的好肤质。

1. 底妆要达到通透效果，不妨用粉底刷代替手或海绵来上妆，由内而外，鼻梁处则由上至下轻刷，将粉底涂抹均匀。

2. 为避免鼻翼、眼角及唇角处的粉底不均匀，更需要小心处理，可以用指腹轻轻按压抹匀。

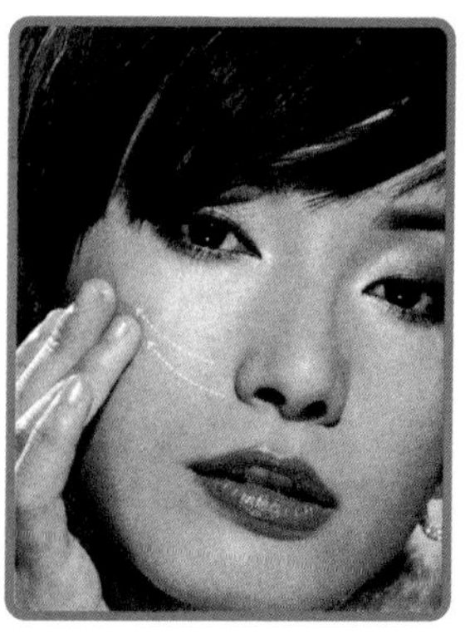

3. 在脸颊处可以利用手的温度轻轻按压，促进粉底与皮肤更好地融合，增强粉底附着度。

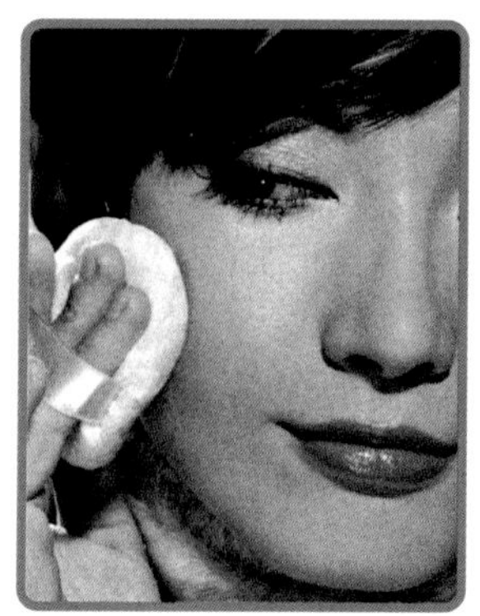

4. 最后，使用海绵在脸上轻轻地扑按，这样能令底妆看起来更加匀密。

eye 优雅立体眼妆

优雅成熟而充满存在感的眼妆是妆容的重中之重，精致的眼线、朦胧深邃的眼影以及纤长有型的睫毛都需要无比精心细致地打造。

TIPS

唇妆应该没有丝毫厚重之感，才会看起来水润闪亮。需要注意的是，唇部中央的唇彩稍涂厚点，令整体唇妆更具立体感。

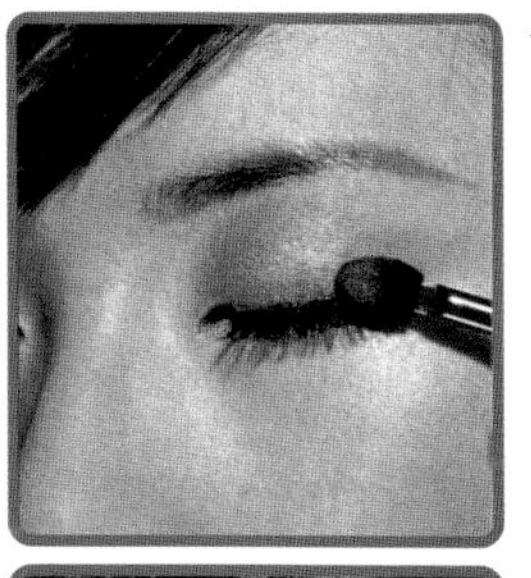

1. 用B打底后，双眼皮及眼窝处涂抹A，下眼睑则用D晕染，营造华丽感，上下眼角使用C提亮，以突出眼妆的明亮立体感。

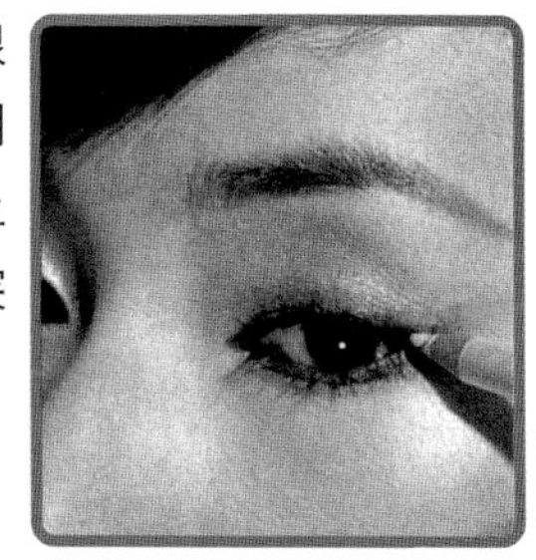

2. 为了使眼睛看起来大而充满神采，不妨在眼尾处将眼线画得稍微粗一点。

3. 用手指或棉棒将眼尾处的眼线轻轻晕开，效果更加自然。

4. 下眼睑用彩色眼线笔由外眼角开始，向内眼角描绘眼线。

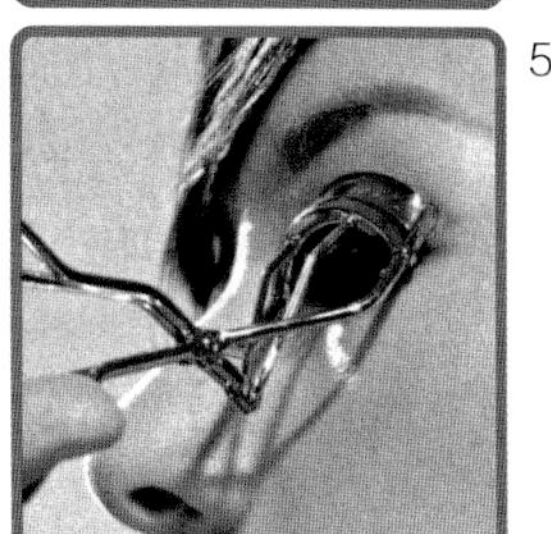

5. 为了使睫毛更加自然卷翘，可以将睫毛夹放在温水中加热5分钟，再卷睫毛。

6. 从睫毛根部呈Z字形往外刷睫毛膏，眼尾处适当加深，使双睫卷翘迷人。

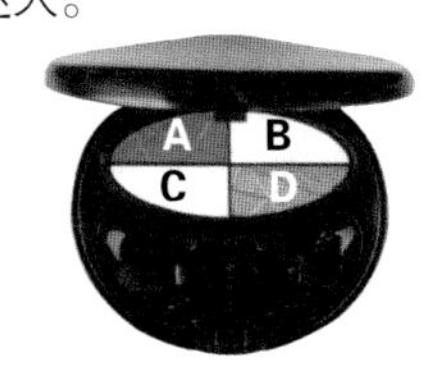

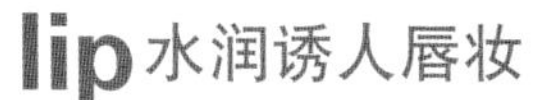

lip 水润诱人唇妆

唇妆，是提升女性整体气质的最佳武器，让双唇永远水嫩润泽，总是呈现出优雅上翘的完美弧度，优质的唇彩功不可没。在涂抹的瞬间，双唇仿佛穿上了一件华美逼人的礼服，洋溢着华丽的色彩，饱满诱人，闪亮时尚。

若想拥有闪亮诱人的视觉效果，可以单独使用新魅彩唇彩涂抹双唇。为提升双唇的丰满度，可用唇线笔沿嘴唇的轮廓勾画唇线，再均匀涂抹双唇。最后取新魅彩唇彩轻点于唇部中央，然后均匀延伸。

晶莹剔透的
"PURK FACE"
成就闪耀

出游美人 Journey

假日来临，与阳光绿地来一个大大的拥抱，是你最渴望的梦想吧？但要想在阳光下还能璀璨耀眼，可不是一件容易的事！让我们来教你化晶莹剔透的"PURE FACE"吧，轻薄而具透明感的妆容，不仅让你像冰激凌一般清新可人，还能成为最闪耀的出游美人呢！♥

HOW TO

eye

用带金色珠光的金啡色眼影膏涂至眼窝与下眼皮，瞬间提亮眼部肌肤。将金啡色眼影粉涂匀双眼皮与下睫毛的眼际，创造适度的阴影。描画完整的黑色眼线紧致眼眸。黑色睫毛液刷出美丽且根根分明的睫毛。这样带有闪亮光感与湿润质感的魅力眼妆就完成了！

cheek

眼部不使用颜色来引发魅力，腮红和唇部就要用粉红色来增加可爱感。贴肤的珊瑚粉红，只要大面积刷上，就可以增添飘逸的甜美感觉。

lip

为了使Nude妆更具透明感，选择水嫩的蓝色调粉红色唇膏，轻轻涂抹，自然又鲜嫩。再加上带有纤细银粉的唇彩，就可以完成更可爱的嘴唇。

甜蜜玫瑰
妆容在
情人节约会
Valentine's Day Dating
时大放异彩

又到情人节，粉红色的玫瑰妆容，是最甜蜜的约会妆。玫瑰色调的眼妆加上极为诱人且罗曼蒂克的红晕，创造出更协调的整体妆感，不仅诠释女人专属的梦幻，更带了性感热情的元素在里面。在这个情人节，让令人目眩神迷的粉红色魅惑他的心吧！♥

eye 轻盈眼妆缔造剔透感

将淡淡的粉色眼影涂抹在眉骨部位，制造此处的立体效果。然后从上眼睑内眼角开始涂抹玫瑰红，并轻轻向眼尾处自然晕开。

如果想加重妆容的性感味道，还可以使用粉色的睫毛膏来展现。最后在眉骨部位涂上珍珠白色做high light，让双眼的立体感更强。

cheek 玫瑰色腮红显现成熟韵味

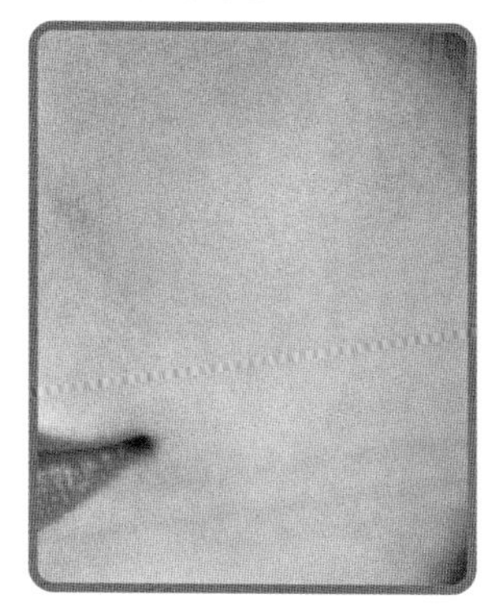

用粉刷以颧骨为中心点，分别向颧骨两侧横向涂抹；然后沿着腮红的外沿呈圆形涂抹高光粉，令脸部明亮起来。只需这一抹浅粉色，就令双颊顿生粉嫩鲜活的健康味道。

lip 动感玫瑰传递性感气息

用质感和性感的颜色涂抹双唇，可以令性感妆容的味道更加浓厚。鲜明、眩目、感性的色彩勾勒出令人迷幻的好莱坞风情。在玫瑰色的唇膏上叠加涂抹一层薄薄的闪亮唇蜜，就像水果味的冰块般晶莹闪烁。

ファッション主役
以性感女神形象，
在幽会时
制造特别惊喜
性感幽会
Sexy Dating

性感而又高贵的女神形象，才是幽会的最佳妆扮。Sexy红唇与优雅眼妆的mix传递慵懒的气息，却又不会俗艳，用银灰色的冷光光晕不会让红唇太艳丽，恰到好处地打造如红酒般醇厚的妆容。♥

eye 把多层眼影晕染成一个颜色

1. 这款眼妆主要是把眼影晕染，因为完全的雾面眼影会让眼窝看起来很脏，选择银光的才轻盈，所以第一步把银灰色眼影涂满整个眼窝。

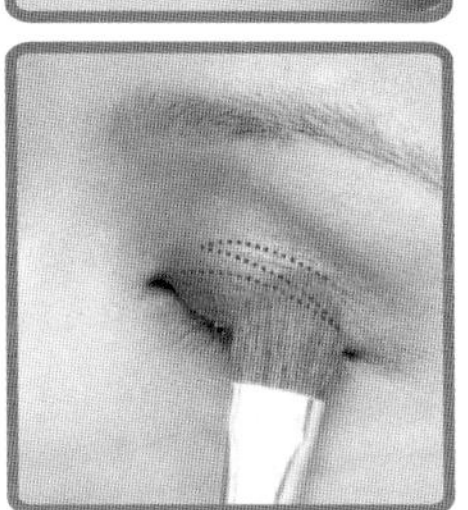

2. 酒红色眼影画在眼褶，用干净的刷子晕开外围至眼窝。

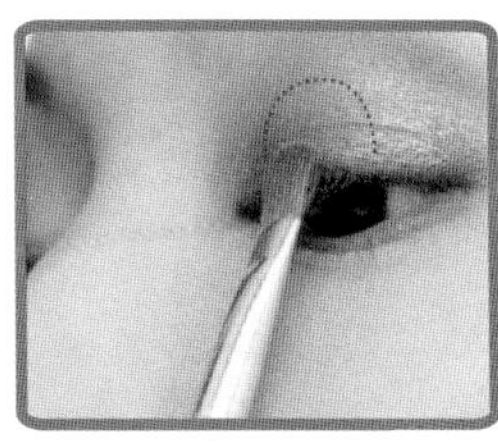

3. 眼影刷蘸少许粉紫色，涂在眼珠上方的眼褶处，再往上晕染开。

4. 用一干净的眼影刷，轻刷眼影边缘，让交界处完全融合。

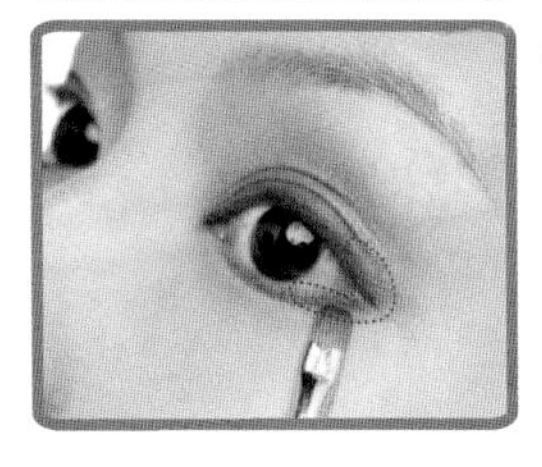

5. 眼影刷蘸少许画在眼尾及下眼角，强化眼神的迷蒙感。

lip 要够红但还是要水水的

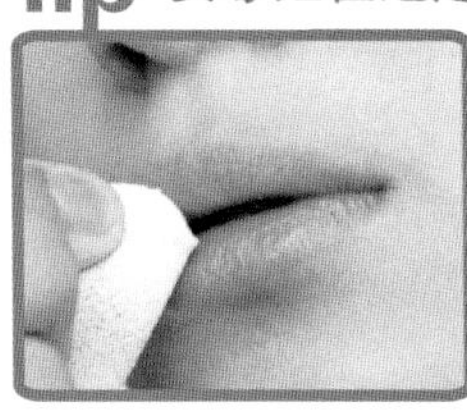

1. 用粉底液的海绵轻压唇中间，不要盖到唇线，让唇色变淡即可。

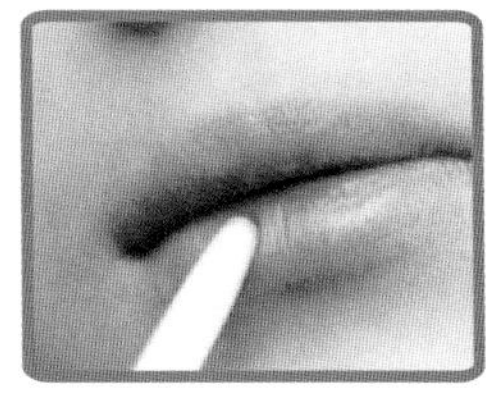

2. 不刻意勾勒唇线，唇线笔涂唇中后再用手推匀，让接下来的颜色更饱和。

3. 用唇刷蘸鲜红的唇膏，先从中间开始涂再往两侧带开，余色再加强唇形。

4. 用不含珠光的透明感唇蜜，一样先从中间涂，再往两侧涂开。

甜美酒会
Sweet Party
换一个
甜美LOOK，在
酒会上优雅现身
ファッション主役

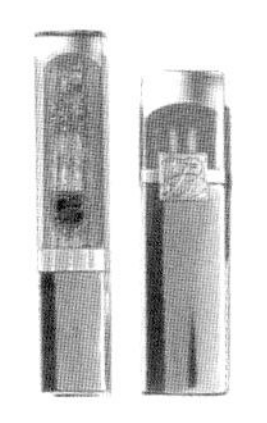

西瓜红的水润双唇，眼部被淡淡勾画出柔和的线条，双颊犹如刚刚被太阳亲吻过，泛出自然的红晕。化一个如此甜美的妆容，在酒会上让你的气质更加出众。♥

base

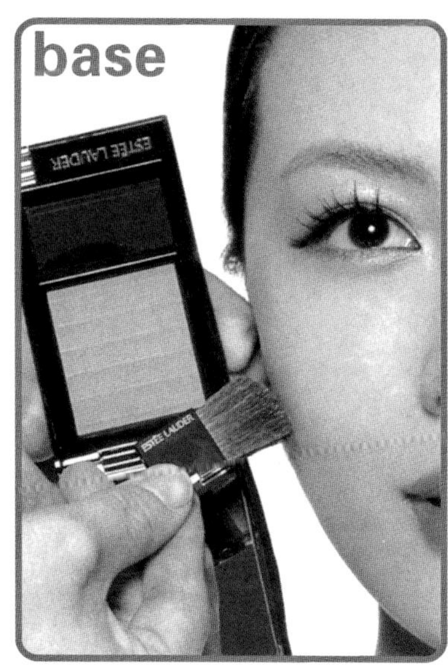

先用粉底液轻柔平滑地覆盖于肌肤表面，控油防水，能够持久保持色泽的真实感。再用粉饼打造出活色完美的粉妆，既晶莹通透，又不浓重，达到完美的裸妆效果。

lip

用带有闪光微粒的晶亮唇彩点亮双唇，营造出令人惊艳的3D立体效果，让双唇更加明亮动人。

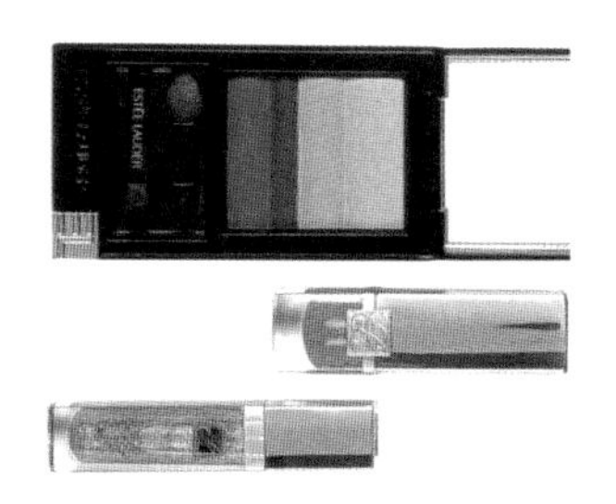

eye

用颜色最浅的珠光粉色用来打底和提亮，用珊瑚粉色围绕整个眼睛画出轮廓，在眼头加以提亮，强化整体眼神。用亮泽的粉紫色在下眼睑涂抹薄薄的一层，展现无限的柔美色彩。

眼妆的重点是以黑色眼线笔勾勒出稍粗的眼线，并在眼尾微微翘起，突出妩媚气质。最后用纤长睫毛膏刷睫毛，令美睫根根纤长分明，错落有致。

ファッション主役

打造超级闪亮の360度完美PARTY俏佳人

闪亮派对

Shinning Party

Cheek

用粉红色腮红在脸颊颧骨处涂抹，然后在颧骨和耳朵之间往复刷匀。剩余蘸在刷子上的粉可以轻轻沿脸轮廓扫一遍。

lip

唇部先用浅色唇线笔勾勒轮廓，用极富光泽感的浅粉色唇膏涂抹，然后用闪亮唇彩强调双唇的水润之感。

可爱的美少女要去参加PARTY，该怎样妆扮呢？不必要刻意扮性感或热辣，只要根据自己的可爱气质让妆容闪亮发光就行。但是，参加PARTY，面对挑剔的目光审视，妆容正面的魅力无法忽视，不要忘记你的侧面也要令人难忘。♥

HOW TO

eyebrow

侧脸时眉下方的高光处理是必不可缺的，可以增强脸部的立体感。如果眉尾位置清晰，脸庞就更干净立体了。

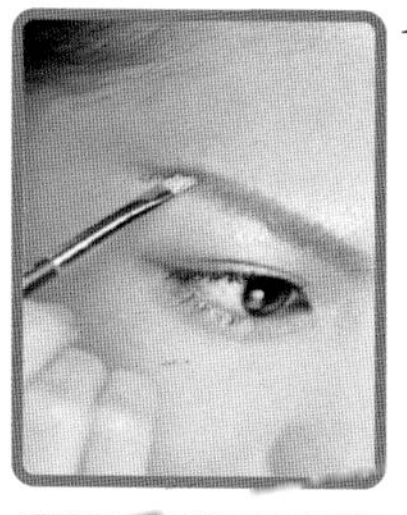

1. 画眉，重点在于眉毛的形状和眉梢位置。眉梢的标准位置是在鼻翼与外眼角连线的延长线与眉毛的相交处。确定了眉梢位置就确定了眉形。

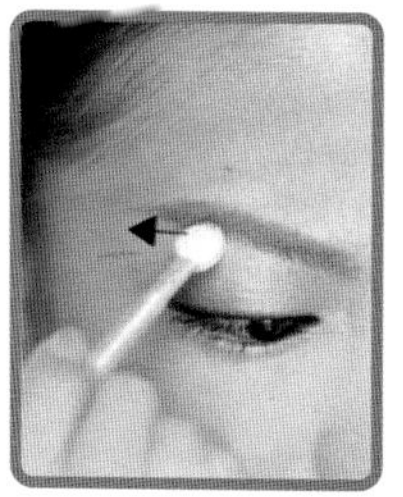

2. 用眼影棒蘸取珠光白色眼影，在眉峰的正下方涂抹，尽量贴近眉毛涂抹，起到高亮色作用。

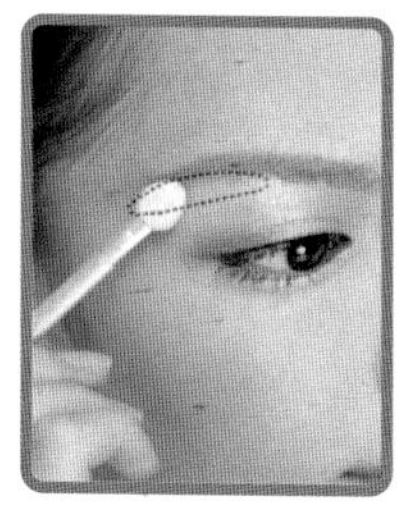

3. 用眼影棒横贴肌肤由内向外均匀刷开，直至眉骨位置全部涂抹上珠光白色眼影。

eye

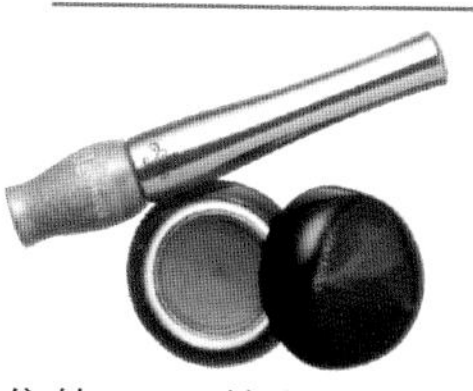

如何做到全方位的100%美女呢？关键在于眼角涂抹浅色眼线使眼睛横向视觉伸长，增加侧面的光亮色差，以增强立体感。

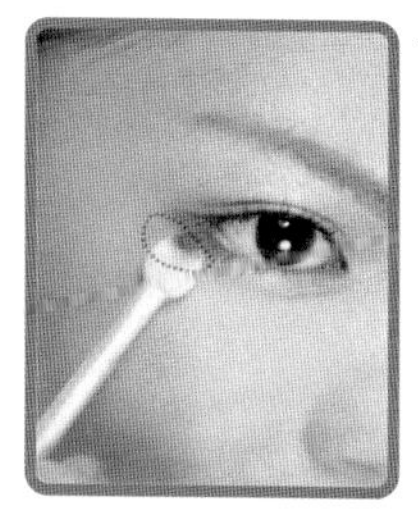

1. 用眼影棒蘸取棕色眼影，围绕内眼角上下涂抹，涂抹时要涂散开一些。沿着双眼皮褶皱处也涂抹棕色眼影，描绘眼睛轮廓。

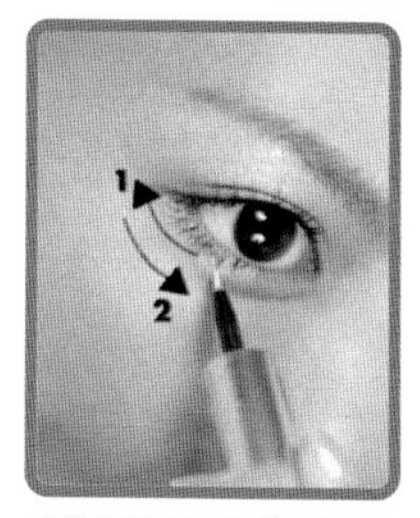

2. 用眼影棒蘸取带珠光的紫色眼影在外眼角的上下眼睑1/3处涂抹，靠近外眼角位置稍微涂宽一些。

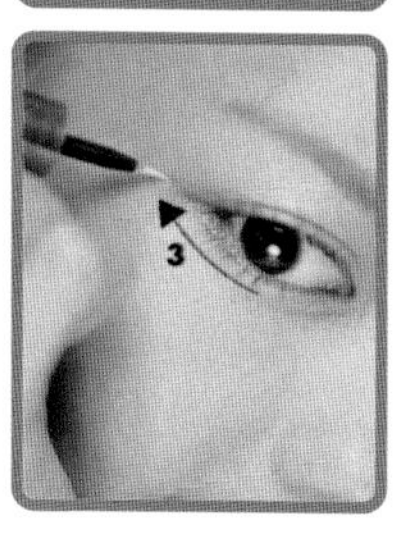

3. 画出黑色的上眼线，在下眼睑的尾部1/3部分用晶莹的紫色液体眼线笔来回反复涂抹。延长了眼睛横向宽度，增加了可爱华丽的感觉。

知性上班妆容

Elegant Office Lady

上班妆不能用太浓烈的颜色，主要以紫色和肉色来突出你的知性干练之感。用眼线和唇线强调眼睛和嘴唇的醒目度，从而突出让人过目难忘的美丽大眼和性感双唇，但又不过分渲染，端庄大方之余，也不会忽视你女性的温柔之美。♥

eye

1. 上眼皮和整个眼窝都涂上淡紫色的眼影，在眼睛的边缘描画黑色的眼线，双眼皮褶皱处用藏青色晕染。
2. 用眼线笔在下眼边缘内画眼线，营造硬朗的干练感，白色的粘膜部分会给人留下深刻印象。然后用藏青色眼影晕染，在外眼角处充分涂抹纤长睫毛膏。

cheek

用化妆刷蘸取橘色腮红涂抹在脸颊的正中央，然后沿着颧骨延伸开，要稍稍有些棱角。

lip

用唇线笔仔细描绘出唇线，以此强调嘴唇的质感。在唇上涂抹肉色唇膏，然后用棕米色唇彩让双唇更有丰润感觉。

ファッション主役

宛若无妆的精致，最适合

休闲逛街妆扮

Shopping

到周末了，出去逛街喽！淡雅清爽的妆容强调轻柔却无瑕的肌肤质感，光亮清新、有层次感的醒目眼妆让眼睛显得明亮有神，再用睫毛膏来增添活泼和愉悦的味道，再搭配上蜜糖般的唇色，光鲜而又有活力。♥

eye

1. 妆容的重点在于眼妆的仔细描画。先以金棕色的眼影膏在上眼皮涂薄薄一层，水润的质感轻盈又不会增加浓重感。
2. 以稍带蓝光的藏青色的眼影粉涂抹在眼皮褶皱处，在眼尾处稍稍晕染。
3. 沿睫毛根部勾勒黑色眼线，在眼尾处稍粗，下眼睑描画从眼尾到眼头的3／2眼线。
4. 刷上黑色睫毛膏，让双目更加明亮有神。

cheek

腮红也是淡淡的。用粉扑蘸少许大地色腮红从颧骨突起处的外缘开始向太阳穴斜斜扫去，突出整体轮廓。

lip

不需描唇线，可直接抹上喜欢的唇彩即可。也可以在涂上透明唇彩后，将一点金色的唇彩点缀在双唇的中间部位，让唇色显得晶亮诱人。

外地度假必学妆
Having Long-Distant Holiday
地中海般的
异域风情，
ファッション主役

鲜亮浓郁的色彩打造出柔美俏皮的妆容。性感的双唇用鲜艳的木瓜色泽和耀眼的浆果色泽涂抹；极具戏剧化的眼部用眼影粉勾出深深的轮廓；双颊扫以桃色修饰立体脸型。在外地度假，化一个具有地中海风情多彩妆容，让你如同置身于热带丛林般漂亮得很性感！♥

HOW TO

base

回归大自然，最重要的是要选择质地轻盈，完妆效果自然、持久的防晒粉底液，具有防汗效果的更好，尤其适合在炎热的夏天使用。再加上修容笔的提亮效果，妆容自然、亮泽、白皙。

lip

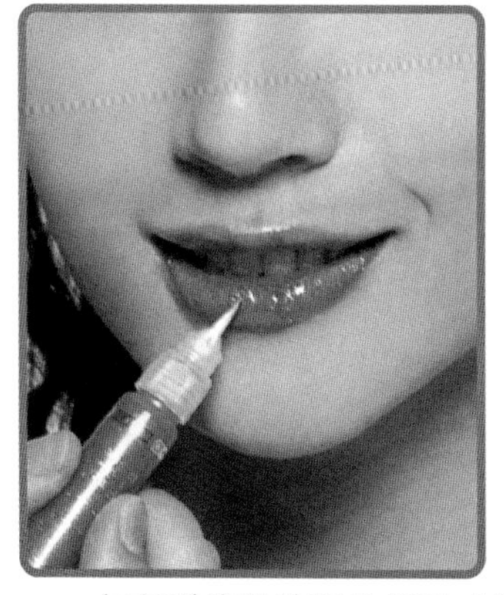

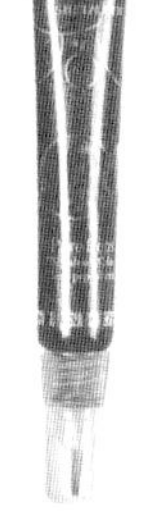

与色彩缤纷的眼妆相映成趣的便是晶莹闪烁、散发炫魅光彩的双唇，柔和的肉粉色荡漾着细微光泽。如果嫌唇部还不够色彩跳跃，就再上一层如浆果般香甜诱人的晶亮唇蜜，如同刚品尝完水果般，散发鲜果清香。

eye

在上眼睑大面积涂抹粉绿色眼影，一直延伸到内眼角，眼皮褶皱处用深绿色再涂抹一层，下眼睑用橘红色眼影涂抹粗粗的线条。画出粗黑的眼尾稍上翘的上眼线，眼尾的线条与下眼睑的橘红色线条相连。在眉骨处用珍珠白色眼影提亮，妆效自然并富有光泽。

最后用纤长型睫毛膏，拉伸睫毛至纤长极限。在眼部鲜亮的色泽、珍珠般光彩以及粉绿橘色的对比中，纤长睫毛让美目更有深邃之美。

05 最经典の绝美新娘LOOK

Most Classical Look for a Fair Beautiful Bride

御花嫁様
〃のメイク〃

新娘妆容不同于T台的张扬眩目，演绎着每一季的时尚流行，或浪漫，或清纯，或可爱，或华美。无论是奢华复古，还是纯净甜美，都在诠释着新娘的高贵与优雅。

可爱新娘

Lovely Bride

御花嫁様のメイク

这款新娘妆用色简单，妆面干净，淡雅纯情，突出了可爱新娘的本色。明显的眼线体现活泼慧黠的风采，再利用眼头处的白色强调清新自然的感觉。淡粉红色调眼妆，展现出新娘柔情的眼神；润泽通透的粉色唇膏，则让肤色更加透明红润。

HOW TO

base

可爱的妆容要考虑到如何呈现出新娘生动自然、活泼可爱的表情，可以用尽量透明的粉底液和遮瑕膏遮掩肤色暗沉感和黑眼圈，然后用浅白粉色蜜粉刷在整个脸部，呈现出自然的素肌感，让肌肤散发出光泽。

eye

用粉色眼影薄薄地涂在上眼睑和下眼睑眼尾距眼头的2/3位置，迷人的粉色裸妆打造轻柔质感。用珠光白色眼影涂在眼头和眉骨处，突出清新之感。描画清晰的上眼线，在眼尾处用眼影棒稍稍晕染。用黑色睫毛膏刷出纤长呈扇形睫毛，在眼尾处粘几根假睫毛来突出眼部轮廓，但不要使用过于浓密的假睫毛，会破坏自然的感觉。

lip

双唇用与唇色相近的唇线笔勾勒轮廓，然后用自然的橘色唇膏打底，最后用带珠光的粉色唇彩让双唇丰润动人。

优雅新娘

Graceful Bride

御花嫁様のメイク

高亮度、低彩度，自然清新的妆感是优雅新娘彩妆的主流。冰雪般的肌肤质感，晶莹水嫩的双唇，妩媚娇柔，为你增添了一份低调的高贵。整体妆效自然、柔和、甜美，这种清丽淡雅的妆容成为新娘造型中永不过时的经典。在细致蕾丝的衬托下，自然彩妆和斜刘海成为最雅致的选择。

base

用遮瑕膏掩盖脸部的瑕疵，选用清薄的粉底打造肌肤如瓷般光洁的质感，突出柔美光滑而轻薄的肤质。

eyebrow

用修眉剪略修饰眉毛，略成拱形，体现知性又不乏温柔的感觉。眉毛的颜色最好选择有智慧色彩的褐色眉粉来描画。

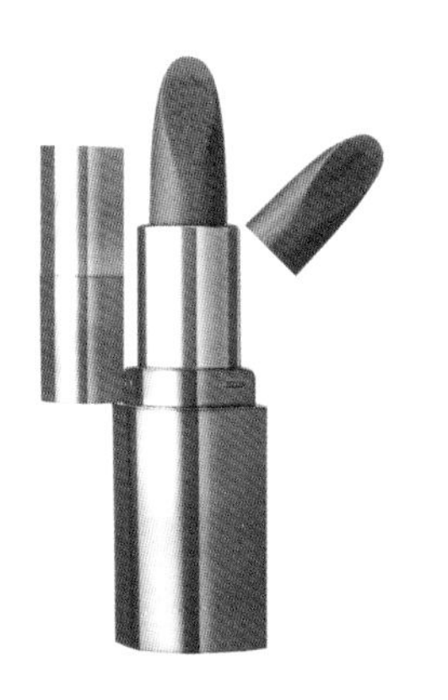

eye

1. 用浅棕色眼影涂满整个眼窝，在眼皮褶皱处涂抹深棕色眼影，渐层色调的眼妆展现出新娘柔情的眼神。
2. 黑色眼线笔勾勒出清晰的眼部轮廓，散发出知性慧黠的风采，在眼角及眉骨处刷上带有珍珠光泽的白色眼影，映衬得眼睛更有高贵气质。
3. 上眼皮的后半部分粘贴假睫毛可使眼睛轮廓看上去更为柔和圆润。千万不可忽略被特别强调的下睫毛，用具有浓密柔软功能的睫毛膏反复刷出诱人的绒毛感。

lip

唇妆在新娘妆中的重要性现已大幅提升，水嫩饱满的健康唇色是展现绝对柔魅女性美的秘密武器。用纤细的唇线笔将唇形精心勾勒得丰满圆润，用莹润的粉色唇彩轻涂一层便能散发温柔气息。

明艳新娘

Flamboyant Bride

御花嫁様のメイク

这款妆容适合有着端庄大方气质的新娘，妆容重点在于淡淡的金棕色小烟熏映衬得眼睛更加深邃，令人无法抗拒的蛊惑来自华丽感的红唇，明艳亮丽，增添了一份低调的高贵，让眼妆和腮红有了不一般的味道。无论是在室内还是室外，都有令人惊艳的魅力。

HOW TO

eye

用贴合眼部肌肤颜色的浅棕色眼影涂抹整个眼睑，再用深棕色眼影涂抹上下眼睑靠近外眼角的2/3位置。用淡金色眼影涂抹眉毛下方的眼睑部分和下眼睑靠内侧眼角1/3部分。最后画黑色上眼线，涂抹黑色纤长睫毛膏。

cheek

选用比较红的啫喱状腮红，从太阳穴开始向两颊最高的颧骨位置涂抹。这种质地的腮红，含有80%以上的水质成分，涂抹后脸部光泽水润，而且其华丽的光泽让整个妆更显华丽富贵。

lip

室内唇妆：室内光线不同于自然光，这对唇妆颜色都会有影响，因此室内选用带珠光的浅红色唇膏，先用专用唇部美肤露涂抹唇部，这样能提高唇部光泽。再用海绵沾一点腮红轻扑在唇部，遮盖色差。然后用颜色较唇膏暗一点的唇线笔勾出轮廓，并涂抹唇膏。

室外唇妆：在室外主要考虑增加唇部的珠光和亮泽，强调可爱活泼感。选择颜色稍微艳丽一点的红色液体唇膏，涂抹后的效果是既有红色的光华又有顺滑的质感。用唇刷先点涂在唇部的中央位置，然后向两边均匀刷开，添加了金色亮粉的唇彩能使唇部发出诱人光彩。

梦幻新娘

Dreamy Bride

御花嫁様のメイク

梦幻而神秘的紫色，彰显着王室般的奢华尊贵，在这一季的时尚复古风潮中再次独领风骚。知性夹杂着野性的妆容给人以冲突的美感，由内而外地散发着新娘自信、圆融的气息。

eye

用灰珍珠色眼影在眼窝处反复涂抹，淡紫色眼影在双眼皮褶皱处涂抹。下眼睑沿着眼部轮廓用淡紫色画眼线，上眼睑沿着睫毛根部画明显的黑色眼线，用白色眼影在内眼角和下眼睑涂抹以提亮。最后刷涂上下睫毛。

cheek

用刷子蘸取浅玫瑰色腮红，从两颊凹陷处沿着刷至颧骨高处位置，来回几次轻轻扫抹。刷子上残留的粉用来沿脸部轮廓线轻扫，可以突现脸部轮廓，使脸有立体感。这种腮红上粉很薄，可以增加上粉次数以调整浓淡度。

lip

室内唇妆：室内唇妆要突出唇部的存在感。选用光彩眩目的金色和粉珠光色唇彩，给人高贵感。先用霜状液体唇彩把唇部整体涂匀，去除暗哑色调，然后用棕黄色唇线笔沿唇缘画出轮廓，稍微向外画，以显唇形丰满。最后再用唇彩刷一遍。

室外唇妆：室外要考虑自然光中应该有的自然健康的唇色。选用驼黄色唇膏和透明有光泽的唇彩，这样的唇妆颜色自然，光泽动人，自然亲切。驼黄色唇膏属于膨胀色，能让唇部的视觉效果更加立体，并显现丰满质感。

// 四季の美しさ //

06

跟随四季之美，我是美丽先锋

To Be the Fashion Pioneer in Different Seasons

纯真烂漫的春天，妆容是甜美主义，娇艳如花；炽热浓郁的夏天，妆容是清淡色调，清凉沁脾；丰饶华美的秋天，妆容带着成熟风情，妩媚浓烈；白雪皑皑的冬天，妆容具有低调气息，刚柔并济。

酷感冬色调

Style of Icy Winter

四季の美しさ

冬季的肃杀寒冷，中性低调的色彩才够味道，加一点刚柔并济的元素，让你的轮廓简约而清晰，带着一丝都会人群特有的疏离感。呈现在妆容上，是力求一种简单而摩登的质感。描画这种风格的彩妆，应该是带点中性却又不失酷感魅力的眼妆，我们用眼线来表现，粉底则应该选择带点古铜效果的底妆，适合喜欢个性美的女性。♥

HOW TO

冬妆关键词:

1. 以古铜色的底妆打底，营造富有质感和清透自然的肌肤。选择肉色的眼影大面积地刷在眼窝处，在双眼皮的褶皱处涂抹深灰色眼影。用黑色眼线笔将眼睑均匀地画上眼线，打造炯炯有神的眼睛。下眼睑稍用眼影晕染即可。
2. 张扬热辣眼神的魅力，眼线的作用不可小视，纤长浓密的睫毛也功不可没。增强睫毛的浓度，呈“2”字形涂抹是诀窍所在。用细刷沿睫毛根部涂抹，既不会弄脏睫毛周围皮肤，又可自如使用。
3. 为了营造出中性感觉，选择大地色系的腮红。以斜刷的方式，由两颊刷向太阳穴。嘴唇选择半哑光的银粉色唇彩，低调却时尚。

浓烈秋色调

Style of Strong Autumn

四季の美しさ

秋天，是多变而充满情调的季节，比夏季多了一些沉稳，比冬季少了些许萧瑟冷感。最适合用来表达秋季风情的彩妆应该是慧黠灵活又充满浪漫遐想的眼唇。混搭各色以渐层、烟熏画法的眼影加上轻盈层叠、浓密深邃的睫毛，点缀仿似钻石光芒的唇彩，用甜蜜和迷蒙挑动人心！♥

HOW TO

base

以遮瑕笔轻轻点在眼部细纹或黑眼圈上，由眼头往眼尾轻描，并以指腹轻按匀。痘疤、鼻翼及暗沉部位，仍用遮瑕笔轻描并以指腹弹压按匀。最后在T字部位（眉骨、颧骨）用粉底涂抹均匀后，增加脸部立体感。

lip

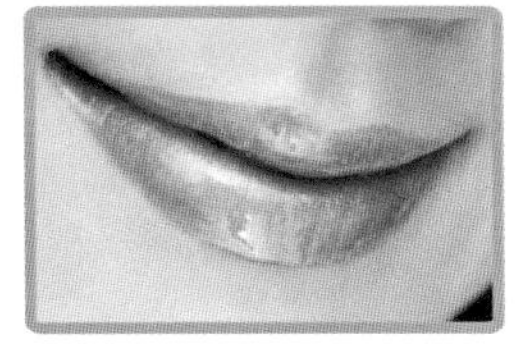

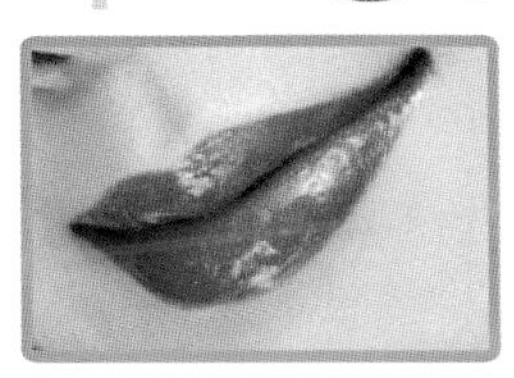

用带珍珠光泽的璀璨唇彩涂抹双唇。先用海绵刷头蘸取，以最贴近唇面的角度，将唇彩均匀涂抹于双唇。心形刷头的尖端可描绘唇形，让双唇展现饱满立体、璀璨光芒。

eye

将浅紫色膏状眼影在上眼睑推匀打底，下眼睑推匀粉红色膏状眼影。眼头部分以珠光白色眼影加强。用紫色眼线笔画较粗上眼线，以眼影刷晕开，呈现小烟熏的迷人效果。在下眼尾1/3处画上紫色眼线，再紧贴上下眼睫毛根部画黑色上下眼线。再用睫毛膏自睫毛根部往生长方向刷涂睫毛，使其根根分明。

清凉夏色调

Style of Cool Summer

四季の美しさ

宛如一阵清新的风，水润透明的肌肤、蓝色和白色眼影打造出的清凉感眼妆以及活泼生动的橙色双唇，让整个妆容很清爽。妆容关键在于唇部，既具透明感又有珠光效的唇膏，让双唇在夏日强烈阳光照射下熠熠闪光，带来了莹透丰满和清凉的质感。♥

HOW TO

base

夏季妆容要注重“透明感”，用适合肤色的粉底遮盖脸上的红点、色斑和暗淡无光的肌肤，最好选用遮盖力强的粉底为您营造水润透明的肌肤。

eye

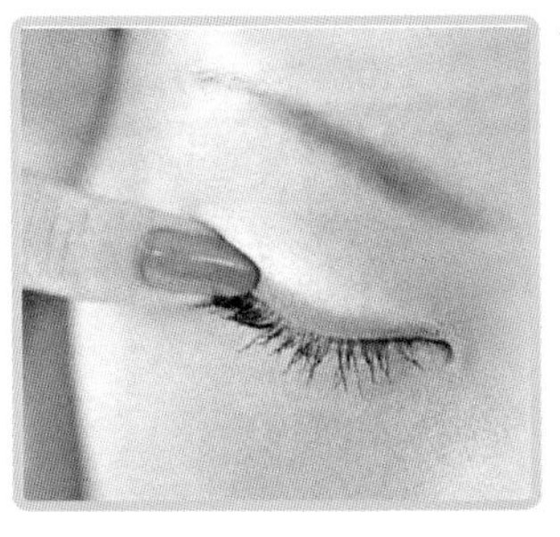

1. 先在上眼睑涂上浅蓝色眼影，然后重复抹上浓郁的蓝紫色眼影。用蓝色系眼影的深浅打造酷靓的眼妆。

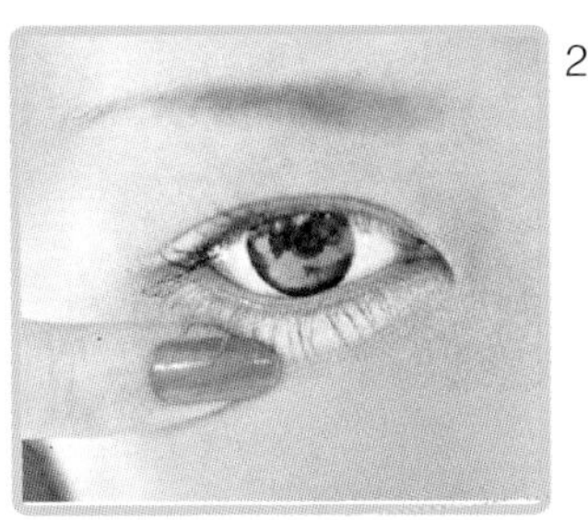

2. 在下眼睑用手指蘸取透明度高稍带蓝色调的白色眼影涂抹，线条稍微粗一些，带出清凉透亮感。

lip

1. 选用光润度很好的水蜜桃色的粉色唇膏，均匀涂满整个唇部，莹透水润的感觉非常可爱。

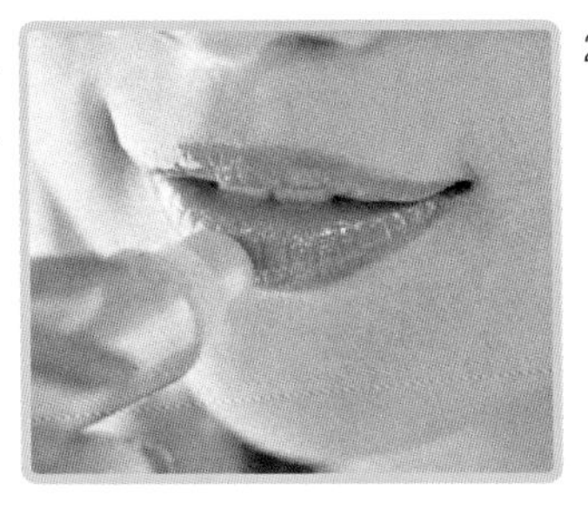

2. 再以充满夏天气息的橙红色唇彩，特别在下唇的中央位置多涂抹一些，会使唇部显得丰满。

如花春色调

Style of Spring Flower

四季の美しさ

我们要用什么样的姿态迎接缤纷春色？目标就是：LOVELY和SEXY！以娇嫩的粉红色为主打，带来芬芳馥郁的闪亮眼妆，加上极为诱人且罗曼蒂克的红晕和丰满而又水润的唇妆，创造出更协调的整体妆感，诠释女人专属的浪漫！♥

HOW TO

春妆关键词：

1. 在上眼皮先用带珠光的白色眼影膏打底，然后沿着眼部轮廓在整个上眼睑和下眼睑涂抹珠光粉红色眼影，内眼角涂抹白色眼影以提亮。在眼皮褶皱处和下眼睑靠近外眼角1/3位置，涂抹棕色眼影，以中和粉红色的甜腻感。
2. 沿着睫毛根部画出粗黑的上眼线，强调眼部轮廓。然后用黑色纤长睫毛膏刷出卷翘纤长的上睫毛。
3. 用粉红色腮红，呈C字形沿着两颊涂抹出娇嫩的少女气色。唇部用粉色唇膏稍稍涂抹，然后用无色唇彩增添水润质感。

BIOTHERM
BIOPUR
SKIN CAVIAR
SUBLIMAGE
PRECISION
CHANEL
TESTER

07

轻松玩味色彩，我の秘密魔法集

‖カラーのマジック‖

My Secret Black Art to Make up with Different Colors

媚惑而神秘的紫色彰显着王室般的奢华尊贵，
鲜嫩欲滴的橙色让你摇身一变夏日里的俏女郎，
甜美的粉色、低调的褐色、绚丽的多彩色……
在这里，你可以轻松玩味多种色彩，
塑造绝不重复绝不单调的你自己！

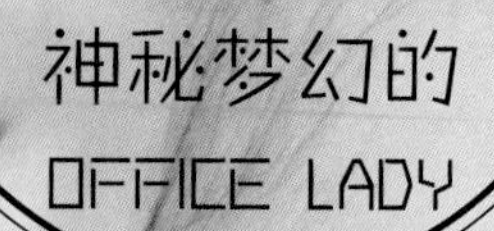

绿色

Green–Mystery Office Lady

来自南方海洋的梦幻般绿色，让面部更具明亮感，与稍偏黄的肤色搭配绝对出彩！细腻的珍珠光泽眼影，向各个方向反射光线，勾勒出眼的动人轮廓，打造立体电眼，让正面、侧面都无可挑剔。

用棕色眉笔描画稍粗的眉毛更添英气。深绿、浅绿和金米色眼影描画出过渡效果的眼部颜色，增添层次感。用带有白色调的黄绿色提亮眉骨部位，黑色的眼线让眼睛更有神。用釉瓷光泽的唇膏，珠光的效果令颇具性感的唇形更闪亮、诱人，看起来更有3D立体感。

低调烟熏的成熟女郎

褐色

Brown-Modest Mature Lady

怀旧复古风持续发烧，烟熏妆一如既往的优雅绽放！妆容展现出前所未有的柔和与细腻、低调与质感。运用层次晕染手法，打造出整体欧化风格的妆面，呈现出复古、典雅的魅力，流露都市女性独有的个性态度。

上眼睑用咖啡色眼影粉打底，近睫毛根处用灰褐色加深以增加立体感。画出黑色的上眼线和从眼尾到眼头的1/3下眼线。灰褐色眼影在下眼睑也涂抹一层围住眼眶，狭长的小烟熏，带来优雅的味道。用哑光大地色系的腮红营造中性感觉，唇部用透明唇蜜擦上即可。

优雅华丽的复古妆容，在保守中潋滟万种风情，传递着女性的高贵和妖娆。成熟的紫色总是被赋予性感又具魅力的魔幻气质，用紫色、金色、绿色打造的眼妆，为你带来令人迷醉的神秘气息！
在上眼睑涂抹紫色珠光眼影，从靠近眼部的地方由浓而淡向外呈半圆形涂抹。下眼睑距眼头1/3部位用金色提亮，剩下2/3用深绿色勾勒。眼尾处晕染开，颜色交融处要有色彩渐变效果。黑色上下眼线，突出眼睛的深邃轮廓。配以哑光感酒红色唇膏，更能体现时尚、优雅的韵味。
紫色
Purple—the Queen in Palace
复古华丽的宫廷皇后

娇艳欲滴的
花样女子

淡粉色

Light Pink–Flower–Like Girl

娇艳欲滴的粉红色，热情而不过分张扬，为你的彩妆增添更多的甜蜜与温柔。朦胧迷离的双眼和闪亮的金色双唇，无论在日光下，还是在夜色中，都会为你带来非比寻常的性感味道。

妆容的重点是粉红色在眼睑上的尽情勾勒。先以珊瑚红色打底抹于眼睑，再用玫红色在上下眼睑画出粗粗的眼影，上完眼影后勾画黑色眼线，最后用浅驼色提亮眉骨。

橙色

Orange-Healthy and Seductive Girl

健康而充满诱惑的美少女

健康而充满诱惑力的魅力橙色，不再局限于表现健康感。在整个脸部使用同一色系的暖色，给人的感觉像女神一般温暖而性感。重点是全面打造光彩的脸颊和唇部！

用柔和眼影和睫毛突出温柔的质感，用金色系制造眉骨的高光部分。在颧骨最高处扫上粉质的橙色腮红，在整个颧骨处涂抹少量红色霜质腮红提升脸部红润感，然后用蜜粉来提升脸部光泽感。嘴唇则是涂抹橙红色的唇彩后，在嘴唇中央点涂红色唇彩，增加立体感。

艳丽无双的时尚辣女

绚丽多彩

Colorful-Gorgeous Fashion Girl

谁说豆蔻年华的窈窕美眉不能妆饰惑人？妆容用清爽绿色和紫色，犹如印象派画家随意铺陈，表现灵动气质。重点在于眼部和唇的描画，草木的青翠，阳光的和煦，来自大自然的灵感元素，让丰富的色彩与你尽情嬉戏。

将浓郁的绿色眼影慢慢推开在眼窝处，并加强眼尾处的色调；黑色眼线笔描画出稍粗的上眼线，在眼尾处微微翘起；用紫色画出略微明显的宽幅下眼线；柔美的砖红色腮红，突出肌肤自然健康的色泽；闪亮水润的橙红色唇膏使微启的双唇更有极度诱惑力。